Peter Müller

Matthias Eberhard, Bischof von Trier

Ein Lebensbild

Peter Müller

Matthias Eberhard, Bischof von Trier
Ein Lebensbild

ISBN/EAN: 9783743335905

Hergestellt in Europa, USA, Kanada, Australien, Japan

Cover: Foto ©Raphael Reischuk / pixelio.de

Manufactured and distributed by brebook publishing software (www.brebook.com)

Peter Müller

Matthias Eberhard, Bischof von Trier

Deutschlands Episcopat
in Lebensbildern.

III. Band. I. Heft. Ganze Sammlung XIII. Heft.

Matthias Eberhard,

Bischof von Trier.

Ein Lebensbild

gezeichnet von

Peter Müller,

Pfarrer von Eppelborn.

Motto: Parva domus — magna pax.

O heilig Kreuz, in deiner Hut
Bau' meine Hütt' ich sicher an,
Und koste drin des Friedens Gut,
Das mir die Welt nicht rauben kann.
L. H.

Würzburg 1874.

Leo Woerl'sche Buch- und kirchl. Kunstverlagshandlung.

Vorwort.

Derjenige, welcher zuerst mit unnachahmlichen Zügen das hehre Bild eines katholischen Bischofs gezeichnet hat, ist unser Heiland Jesus Christus. Zu diesem Bilde dienten ihm nur zwei Farben: Feuer und Blut. Aber nimm diese Worte in ihrer edelsten und erhabensten Bedeutung. In dem Ausspruche: „Ich bin der gute Hirt" leuchtet das Feuer der erbarmungsreichen Liebe. In dem Zusatze: „Der gute Hirt gibt sein Leben für seine Schafe" rinnt und schimmert vor uns das Opferblut zur Erlösung der Welt. Dieses Lebens- und Leidensbild, das der Herr gezeichnet und dann Zug für Zug mit den Großthaten seiner Liebe ausgefüllt hat, ist der Spiegel geworden, auf den die katholischen Bischöfe ihre Blicke richten, damit es in ihnen neue Gestalt gewinne und erhebend und mahnend, tröstend und stärkend vor die Augen der Zeitgenossen hintrete.

Die Lebensbilder des Episcopates sind in der gegenwärtigen Zeit meistens von einem Dornenkranze umrahmt; aber dieses Leidensinsigne verleiht ihnen eine hohe Weihe, gibt ihnen eine ernste und ergreifende Bedeutung und sichert ihnen ein unsterbliches Andenken, während manche Bilder, die einst in goldnen Rahmen prangten und die Prunkgemächer der Großen zierten, hinabsinken in das Dunkel der Vergessenheit. Wer vergleicht hier nicht Pius IX. mit Napoleon III.?

In den vorliegenden Blättern findet der Leser das Lebensbild desjenigen Bischofs, der in dieser sturmbewegten, prüfungsreichen Zeit an zweiter Stelle berufen war, zur Wahrung und Vertheidigung der Rechte der Kirche seine persönliche Freiheit zum Opfer zu bringen. Seit mehr als 25 Jahren war es der Name Eberhard, der mit besonderer Macht mein Herz stets in frohe

Bewegung setzte, und so konnte ich mir es nicht versagen, schon am Tage seiner Erwählung zum Bischof von Trier und noch mehr am Ehrentage seiner feierlichen Inthronisation mit dem Ausdrucke der innigsten Verehrung und Begeisterung für den hohen Kirchenfürsten öffentlich hervorzutreten. Zu dem Ende habe ich in einer Festgabe zur feierlichen Inthronisation dieses ausgezeichneten Bischofs ein Lebensbild von ihm gezeichnet, das nun jetzt zum Leidensbild geworden mit erhöhtem Interesse sich vor unsern Augen erheben wird und darum um so würdiger ist, zur Ehre des Oberhirten und zum Troste der trauernden Heerde eine weitere Ausführung zu erfahren.

Eppelborn, am Feste des hl. Marcus, 1874.

Müller, Pfarrer.

Der hochgefeierte Bischof Dr. Matthias Eberhard, dem nach Gottes gnädigster Vorsehung der Hirtenstab mit der Hirtensorge über die große und ausgedehnte Diöcese Trier anvertraut ist, und der am 13. November 1867 unter dem Jubel der Priester und des gläubigen Volkes von seinem erhabenen und ehrwürdigen Throne Besitz genommen, braucht, was wohl bei wenigen Kirchenfürsten noch zugetroffen, nicht weit von diesem Throne wegzugehen, um die Stelle zu finden, wo einst seine Wiege gestanden, denn er ist geboren in der Bischofsstadt Trier und zwar am 1. November 1815. Wer die unvergleichlich schönen und erhabenen Predigten des Bischofs Eberhard sich in's Gedächtniß zurückruft, der wird die Beobachtung machen, wie oft in ihnen die Liebe zur Vaterstadt und zur Trier'schen Kirche zum Ausdrucke kommt. Hier nur ein Zeugniß: „Als die heidnische Stadt Rom mit dem Geklirre ihrer Waffen und Siege alle Lande der bekannten Erde in weiter Ferne erschreckte und erzittern machte, da erreichte sie endlich auch mit ihrer Macht die Stadt Trier und das Trier'sche Land. In blutiger Niederlage wurde Trier zu Boden geworfen. Es mußte unsere Stadt und unser Land, eines fernern Widerstandes gänzlich unfähig, sich unter die römische Herrschaft beugen. Unser Land mußte von da an noch lange Zeit sein kleines Geschick gezwungen anketten an das große Schicksal des römischen Reiches. Das war des Krieges eiserne Nothwendigkeit. Was aber, Geliebte, dem heidnischen Rom und seiner Macht gegenüber die Stadt Trier und das Trier'sche Land nur gezwungen gethan, das hat Trier in reiner Liebe und himmlischer Treue des Herzens gegenüber Rom, der Mutterstadt und Mutterkirche der ganzen christlichen Welt gethan. Mit dem innigsten Bande der Liebe und Treue hat Trier sich von Anfang an angeschlossen an den apostolischen Hirten zu Rom, um in allen Wechseln der Zeit dieses Band nie mehr zu zerreißen. Aller=

bings ist in dem langen Laufe der Jahrhunderte auch mitunter ein erkältender Hauch über die Diöcese gegangen; aber derselbe hat immer nur hier und da die Oberfläche gestreift, er hat das warme, katholische Herz des treuen Trier'schen Volkes nie berührt. Von dem hl. apostolischen Felsen in Rom ist unsers Glaubens und unserer Kirche Gründung ausgegangen; an dem Felsen von Rom haben wir immer gehalten; und wie vor 300 und dann wieder vor 200 Jahren ein Erzbischof und Churfürst hier regiert hat, der mit seinem Namen — a petra — von der Lay — vom Fels — hieß, so können wir sagen, ist das wirklich auch in höherem Sinne der Familienname der Trier'schen Kirche. Es ist die Kirche vom Fels.

In dieser Liebe, in dieser begeisterten Anhänglichkeit an den apostolischen Stuhl ist auch dieser Dom, die Haupt= und Mutterkirche der Diöcese, dem hl. Petrus zugeeignet und geweiht. Er ist der Patron der Kirche, und mit der Kirche wetteifert auch die alte katholische Stadt. Sie hat das Bild des hl. Petrus auf das Thor gesetzt, das hinausführt nach dem ewig denkwürdigen Orte St. Matthias, wo die ehrwürdigste Wiege des Christenthums in allen Landen deutscher Zunge gestanden. Sie hat den hl. Petrus gesetzt auf den Marktplatz als Brunnenzierde, und dieses zum Bild, daß der hl. Petrus und seine Nachfolger in Rom die Spender des geistigen Wassers, der Lehre und des Heiles sind. Die Stadt Trier hat den hl. Petrus aufgenommen in ihr Wappen, und es glänzen darin seine himmlischen Schlüssel zc." (Aus der Festrede zu Ehren des hl. Petrus, gehalten im Jahre 1869.)

An den Bildungsanstalten der hier mit so viel Wärme der Empfindung gefeierten Stadt machte Matthias Eberhard auch seine Studien, nach deren rühmlicher und glänzender Vollendung er am 23. Februar 1839 die hl. Priesterweihe empfing. Das erste Feld seiner priesterlichen Wirksamkeit war eine Kaplanei an der Kirche des hl. Castor zu Coblenz, welche Stelle er bis zum Jahre 1842 inne hatte, wo ihn der vortreffliche und heiligmäßige Bischof Arnoldi gleich nach der Besitznahme seines Stuhles zu seinem Geheimsekretär ernannte. Wie treu das katholische Coblenz das Andenken an seinen früheren Caplan bewahrt hat und wie sehr es die Würde und die persönliche Vortrefflichkeit seines jetzigen Oberhirten zu schätzen weiß, das hat diese Stadt auf das Glänzendste bei vielen Gelegenheiten bewiesen. Nach kurzer Frist sehen wir den bischöflichen Geheimsekretär schon im Herbste desselben Jahres zum Professor der Dogmatik am Priesterseminar zu Trier befördert. Was er in dieser wichtigen Stellung bis zum Jahre 1849 geleistet, wie allseitig er seiner hohen Aufgabe entsprochen, darüber herrscht nur Eine Stimme. Allen, die seine Vorlesungen zu hören das Glück hatten, wird unvergeßlich bleiben die Tiefe und Präcision, die Klarheit und Uebersichtlichkeit, womit er die schwierigsten Gegenstände behandelte. Man erinnert sich noch immer gern der Frische und Lebendigkeit, wodurch sein gewinnender Vortrag sich auszeichnete. Da gab es auf dem Wege der dogmatischen Erörterungen auch angenehme Stationen zum Ausruhen, zur Sammlung und Fixirung des Standpunktes, zur Wiederholung des Vorgetragenen; da gab es Rückblicke, Umblicke, Applicationen und Schläglichter auf verwandte Disciplinen und auf das christliche Leben; und in reicher Fülle wurden interessante Bemerkungen eingeflochten, welche die Erinnerung an die behandelten Gegenstände gar sehr erleichterten. Als Professor schrieb er im Jahre 1846 seine Doctordissertation über einen Gegenstand, der zu jeder Zeit zeitgemäß bleibt, aber gerade für die Gegenwart eine entscheidende und weittragende Bedeutung gewonnen. Die gediegene Abhandlung, welche von der Münchener Universität das höchste Lob eingeerntet, verbreitet sich über den alten Gebrauch und die singuläre Bedeutung des Titels „Apostolischer Stuhl" zur Bezeichnung des römischen Bischofssitzes. Das erste, einleitende Capitel belehrt uns über die Bedeutsamkeit und das Ansehen der dogmatischen Ausdrücke und Benennungen, welche die Kirche im Laufe der Zeiten entweder erfunden oder auf einen bestimmten Sinn beschränkt hat. Schon diese Einleitung bildet ein herrliches Ganze, sie ist wie eine Fackel, die auf einmal einen großen Umkreis beleuchtet und uns mit sicherm Verständniß hindurchführt durch die Werke der Kirchenväter 2c., die über jenen Titel gelegentlich sprechen. Der Wichtigkeit des Gegenstandes entspricht die schöne und gehobene Sprache, wodurch das Schriftchen für jeden Theologen eine recht angenehme Lektüre bietet.

Wenn dieser erste Versuch für die Gelehrtenwelt bestimmt war, so sollte aber auch in populärer Weise die hohe Begabung unsers Bischofs für die weitesten Kreise herrliche Früchte tragen. Hiermit sind wir an seiner Thätigkeit auf der Domkanzel angelangt, welche derselbe als Professor schon öfters bestiegen, um als gewandter Apologetiker seinen großen Zuhörerkreis in das tiefere Verständniß der christlichen Wahrheiten einzuführen und für die hl. Sache der Kirche zu begeistern. Aus jener Zeit datiren die erhabenen und geistreichen Reden über die Erscheinungen des Herrn nach seiner Auferstehung, die tiefsinnigen und ansprechenden Vorträge über das hl. Meßopfer und über die Wunder des Herrn. Wenn er redete von dem kleinen Anfang und dem großen Wachsthum der Kirche, wenn er schilderte das sündenlos-heilige Leben Jesu Christi, wenn er dann wieder in einem Fastencyklus die Reise des Apostels Paulus nach Athen oder ein anderes Mal das Lob der ersten Christen nach der Apostelgeschichte als Gegenstand der Betrachtung vorführte; so mußte man mit steigender Bewunderung beobachten, wie die himmlischen Wahrheiten unter seinen Händen und belebt und bebeleuchtet von seinem Worte immer neue, immer schöne und herzgewinnende Gestaltungen annahmen. Alle diese Reden, sowie die späteren bischöflichen Ansprachen, von denen ich noch einige Proben beibringen werde, erwuchsen aus dem Boden eines allseitigen und gereiften Studiums, alle brachten neue Schätze zu Tage, alle eröffneten einen weiten Horizont für ferneres und tieferes Nachdenken, alle durchwehte ein frischer, anregender Geist. Die Betrachtung dieser Vorzüge, zu denen ich noch die hervorragende Gabe der Darstellung „großer Züge" rechne, steigerte sich zur Bewunderung, und diese gipfelte gar oft in dem Zeugnisse, das so gern und so leicht den Lippen entflohen: „Er ist doch Aller — Meister!

Seine Professur sollte der Hochgefeierte vom Herbste 1849 bis Ostern 1862 mit der höhern Stellung und dem Amte eines Regens des Seminars vertauschen. Sprich, junge Priesterschaar, die seine Hand geleitet, und erzähle es laut, was du seiner nie schlafenden Sorge, seiner nimmer müden Thätigkeit, seinem warmen, theilnehmenden Herzen zu verdanken hast! Liebe zum Studium, Gewissenhaftigkeit in Beobachtung der kirchlichen Vorschriften und vor Allem die Pflege eines echt priesterlichen Geistes, das war der unvergeßliche Dreiklang, nach dem wir unser Denken und Sinnen, unser Leben und Streben stimmen sollten. Die von dem Herrn Regens gehaltenen Morgenbetrachtungen sind meistens von den Alumnen niedergeschrieben und bis heute als ein theueres Andenken aufbewahrt worden. Wie mächtig muß eine Erinnerung aus jener Zeit auf die Seele einwirken, wenn man z. B. die Betrachtung über die göttliche Vorsehung nachliest: „Gott reicht mit seiner Macht von einem Ende der Erde bis zum andern und durchdringt Alles mit seiner Weisheit. Er ordnet die Zukunft, und die Gegenwart ist in seiner Hand, und in der Gegenwart bereitet er die Zukunft vor. In der Geschichte lesen wir von einigen Königen, daß sie mit großer Weisheit die Geschicke der Völker geleitet haben. Aber welcher Fürst ist im Stande, auch für das Schicksal jedes Einzelnen in seinem Volke Sorge zu tragen? Gott aber umfaßt in seiner Fürsehung alle Menschen, auch jeden einzelnen und leitet seine Verhältnisse. Aber Gott umgibt uns nicht bloß von Außen mit seiner Macht und Vorsehung, sondern durchdringt auch unser Wesen, unsere Seele, ja unsern freien Willen. Auch diesen lenkt Gott, ohne ihn dadurch aufzuheben, und zwar direkt leitet er ihn. Denn Gott hat sich auch die Herrschaft über den freien Willen vorbehalten. Wenn Gott will, daß Etwas von der freien Creatur geschehe, so geschieht es auch durch die Freiheit der Creatur. So sind wir also gleichsam von der göttlichen Vorsehung umlagert und eingeschlossen; und es ist uns nur die Möglichkeit gelassen, entweder den Willen Gottes frei und mit Liebe zu thun, oder gegen unsern Willen — gezwungen. Liebe Gottes und Gerechtigkeit Gottes sind die zwei Pole, innerhalb welcher wir uns allein bewegen können.

Und doch, wie oft kämpfen wir nicht gegen die Vorsehung Gottes! Wenn aber Soldaten in einer Festung eingeschlossen sind, und durchaus keine Hoffnung mehr vorhanden ist, sich durchschlagen zu können, so ergeben sie sich. In einer ähnlichen Lage befinden auch wir uns. Ergeben wir uns also der göttlichen Vorsehung unbedingt. Diese Ergebung ist auch nicht schimpflich, wie für die Soldaten nicht, so auch gewiß für uns nicht. Sie ist endlich auch nothwendig... Der Vorsehung Gottes sich ergeben, ist auch weise, denn all' unser Thun ist eitel ohne Gott. Nisi Dominus aedificaverit domum . . . . . vanum est vobis ante lucem surgere . . . . dilectis suis dedit in somno, also im Schlafe, d. i., ohne daß sie es wissen und ohne sich darum abgemüht zu haben, gibt Gott den Seinigen, was ihnen Noth thut. Wer sich Gott großmüthig ergibt, gegen den wird auch Gott großmüthig handeln. Dafür haben wir Beispiele im Leben der Heiligen. Aber ich bin ja kein Heiliger; also wird mir das auch nicht widerfahren! Aber, wenn du so handelst, bist du ein Heiliger. In te Domine speravi, non confundar in æternum! Wir sind, wie ein großer Bischof Deutschlands zu sagen pflegte: „alumni divinæ providentiæ!"

Sollte der Hochwürdigste Herr Bischof in dem letzten Asyle, das ihm in seiner Vater- und Bischofsstadt geblieben, im Gefängnisse, diese Betrachtung lesen, so wird er sich sagen: „Ja, das habe ich gelehrt" und sein göttlicher Meister wird in der Gefängnißzelle sein trostreiches Wort wiederhallen lassen: Wer aber thut und lehrt, der wird groß heißen im Himmelreiche. Schon im Jahre 1850 wurde der neue Regens Eberhard zum Domcapitular befördert und auch bald zum geistlichen Rath ernannt. Es ist Brauch, daß im Domcapitel Einer die Stelle eines Theologus versieht, dessen Aufgabe es ist, an den Sonntagen in der Domkirche dem christlichen Volke die hl. Schrift auszulegen. Daß Regens Eberhard alle Eigenschaften in sich vereinigte, um dieses ehrenvolle Amt mit seltener Meisterschaft zu bekleiden, ist Allen bekannt. Ein hochragendes Denkmal der Thätigkeit, die er seitdem als Domprediger entfaltet, sind die Vorträge über die fünf Bücher Mosis, von denen jeder ein bis in's Einzelnste ausgeführtes, splendides Kunstwerk war — ein Kunstwerk, bei dem er den Tribut aller Zweige des menschlichen Wissens um den königlichen Thron der Gotteswissenschaft zu sammeln verstand. Außer diesen Vorträgen, die wegen ihrer hohen Bedeutung und des Glanzes der Darstellung vielseitig nachgeschrieben wurden, sind noch besonders berühmt geworden die Fastenpredigten über einige Papstbilder. Im Hinblicke auf diese herrlichen oratorischen Leistungen wollte ich am Tage der Bischofswahl (16. Juli 1867) ein Herold der allgemeinen Freude und Begeisterung werden, mit welcher die Diöcese die Wahl aufgenommen, und brachte dem hohen Erwählten folgenden Huldigungskranz dar:

Nun leg' ihn ab den Wittwenschleier
O Treviris, beglückte Braut!
Es ruft dich die Vermählungsfeier,
Schon wird der Gäste Jubel laut.
Denn, was erstrebt der Sehnsucht
    Glühen,
Das hat dir heute Gott verliehen.

Den Mann, den du als Kind
    getragen,
Den du gepflegt als treuen Sohn,
Den Mann, dem längst du aufgeschlagen
In tausend Herzen einen Thron —
Den sollst du Bräutigam nun heißen
Als Hirten ihn und Bischof preisen.

Das trugest längst du in Gedanken.
Es werde dem Verdienst zum Lohn,
Entrückt den engen Herzensschranken
Einst höher steh'n sein Ehrenthron,
Und wie es heute Gott gefallen,
Durchstrahlen deines Domes Hallen.

Schon stand darin seit manchen Jahren
Ein Thron, von dem sein glänzend Wort
Als Königsscepter zog die Schaaren
Zum Heiligthume fort und fort.
Es war ein Königreich — sein Denken,
Aus dem er Alle wollt' beschenken.

Wie hat er sinnvoll es verstanden
Zu schildern Christi Gottesmacht,
Der frei entschwebt den Todesbanden
Und nach tiefdunkler Erdennacht
Als neue Sonne sucht die Seinen
Und Jubel bringt nach stillem Weinen!

Noch sind die Farben nicht veraltet
Von Bildern seiner Meisterhand,
Die in den „Wundern" uns entfaltet
Der Allmacht strahlendes Gewand.
Das war ein frohes, süßes Schauen —
Wie wuchs der Seele Gottvertrauen!

Noch ist es mir, als säh' ich lauschen
Der Gläub'gen weiten Hörerkreis,
Als hoch vom Kreuz begann zu rauschen
Der purpurne Erlösungspreis —
Als Segensstrom herab zur Erde,
Daß neu ein Paradies sie werde.

Noch denk' ich an die Feierstunden,
In denen er an Pauli Hand
Uns wandern hieß, bis wir gefunden
Ihn fern in der Athener Land.
Wir zogen aus mit schlichtem Stabe,
Wir kehrten heim mit reicher Habe.

Jerusalem, auch dich umstrahlte
Sein licht- und lebensvolles Wort,
Als er im Heil'genschein uns malte
Die jugendliche Kirche dort,
Die mit der Tugend Lichtgefunkel
Durchbrach das alte Sündendunkel.

Des alten Bundes Lichtgestalten,
Als Morgenroth der neuen Zeit,
Der ew'gen Weisheit stilles Walten,
Des alten Cultus Herrlichkeit:
Wie ließ er klar aus diesen Zeichen
Des fernen Kreuzes Bild entsteigen!

Den Päpsten, die das Kreuz getragen,
Als Stab und Schmuck der Christenheit,
Von Petrus bis zu Pius' Tagen —
Auch ihnen war sein Wort geweiht.
Ein Panorama — unvergeßlich —
Enthüllt ihr Wirken unermeßlich.
2c. 2c.

Wir wollen hier noch hervorheben, daß Eberhard, während er Regens des Seminars war, zweimal von seiner Vaterstadt zum Abgeordneten in den Preußischen Landtag gewählt wurde. Im Jahre 1855 stellte er einen Antrag, betreffend die Verbesserung der Pfarrgehälter auf der linken Rheinseite. In der bezüglichen Rede entwickelte er die Verhältnisse so licht und klar und trieb den damaligen Cultusminister so in die Enge, daß endlich sein Antrag siegreich durchging. Der Schluß der Rede war dieser: „Endlich, meine Herren, möchte ich erwähnen die Pfarrer an der Grenze. In der Diöcese Trier gibt es katholische Gemeinden, die nach Bayern eingepfarrt sind; eine sogar ist nach Frankreich eingepfarrt, und Herr von Gerlach selbst, der sonst für die Katholiken, aber nicht für die Preußischen Katholiken zu sprechen pflegt, — (Heiterkeit) hat eingestanden, der Zustand sei unerträglich, daß von Preußischen Unterthanen gesungen werde: salvum fac populum salvam fac rempublicam, salvum fac rei publicae praesidem, salvum fac imperatorem Napoleonem! Ich möchte mir die Freiheit nehmen, Herrn von Gerlach noch daran zu erinnern, daß seit der Zeit, da diese Worte gesprochen wurden, dort auch ein Te Deum für die Schlachten an der Alma und bei Inkermann ist abgesungen worden. (Große Heiterkeit.) Meine Herren, die Verhältnisse, um welche es sich hier handelt, sind höchst einfach, die Pfarrverhältnisse auf dem linken Rheinufer sind fast mit mathematischer Einfachheit geordnet, die erforderlichen Fonds sind für unsern Staat nicht unerschwinglich. Die Weise aber, in welcher von der Staatsregierung ist gehandelt worden, wird auf dem linken Rheinufer tief empfunden als ein verletzendes Unrecht. Ich meinerseits, meine Herren, bin weit davon entfernt, zu glauben, daß unser Herr Cultusminister die Absicht hat, ein Unrecht an der katholischen Kirche zu begehen. Ich lebe der festen Ueberzeugung, daß unser Herr Cultusminister dies nicht will, daß ein Unrecht der katholischen Kirche zuzufügen, ihm ein Greuel ist, nicht allein aus Rücksichten der Klugheit, sondern aus tiefern, heiligern Beweggründen. Aber ich bin auch andererseits der Ueberzeugung, es walte hier auf Seiten der Staatsregierung ein Irrthum ob, ein großes Mißverständniß. Dieses Mißverständnisses, dieses Irrthums wegen, können und wollen wir von unserm Antrag, von der Resolution, welche die Commission gefaßt hat, nicht lassen. Ich bitte Sie, meine Herren, nehmen Sie den Antrag der Commission an und verweisen Sie zugleich die angefügte Coblenzer Petition an die Staatsregierung zur Berücksichtigung. Ich wünsche dringend eine Aenderung der Sache um der elenden Pfarrverhältnisse willen, aber noch mehr um des Staates willen. Ich wünsche, daß in diesen dunklen und trüben Zeiten unser Staat in der reinen und vollen Ehre erglänze, welche die Gerechtigkeit verleiht." (Lebhafter Beifall.)

Gehen wir weiter in unserer Darstellung, so haben wir eine andere größere Auszeichnung zu erwähnen. Als nämlich der Hochwürdigste Herr Weihbischof und Domdechant Dr. Braun im heiligen Dienste Gottes sich aufopfernd, wie ein Feldherr auf dem Schlachtfelde seine Laufbahn glorreich beschlossen, da war es kaum mehr zweifelhaft, wer ihm in seiner hohen Stellung als Weihbischof nachfolgen sollte. Sein Nachfolger wurde Matthias Eberhard, erwählt von seinem Bischof Arnoldi und von Sr. Heiligkeit Papst Pius IX. zum Bischof von Paneas (Caesarea Philippi) i. p. und Weihbischof von Trier ernannt. Die feierliche Consecration fand Statt am 3. August 1862 unter Assistenz der Hochwürdigsten Herren Müller, Bischof von Münster, und Baudri, Weihbischof von Cöln.

Ueber diese Feierlichkeit hat der ‚Eucharius' zur Zeit einen recht schönen und ausführlichen Bericht gebracht, der hier, so weit es entsprechend, Aufnahme finden soll. Da heißt es:

Zum 3. August 1862.

„Die Nachricht, daß der allverehrte Herr Domcapitular und geistliche Rath Dr. Eberhard von Sr. päpstlichen Heiligkeit zum Bischof von Paneas i. p. und zum Gehülfen unseres Oberhirten Wilhelm ernannt worden sei, war in unserer ganzen Diöcese mit ungetheilter Freude aufgenommen worden; besonders freudig gestimmt fanden sich durch diese Ernennung die Alumnen aller Curse des bischöflichen Priesterseminars, dessen Vorsteher der Gefeierte bis Ostern dieses Jahres gewesen. Sie konnten es sich nicht versagen, ihrem geliebten Regens ein Pfand ihrer Liebe und Anhänglichkeit zu übermachen, und überreichten daher am 24. Juli dem neuen Herrn Weihbischof eine von den Schwestern vom guten Hirten in St. Paulin auf weiße Atlasseide in Gold gestickte, prachtvolle gothische Stola zum Andenken an die segensreiche Wirksamkeit des Hochwürdigsten Herrn im Seminar, und zum Zeichen ihrer Antheilnahme an dem hohen Glück seiner Erhebung zur bischöflichen Würde. Diesen Gefühlen gab der Diacon, Herr Kaiffer, entsprechenden Ausdruck. Der Hochwürdigste Herr sprach mit gerührten Worten seinen Dank aus und wies unter Anderem darauf hin, daß die Stola, die sie ihm verehrten, sie selbst am meisten schmücke und ziere, da dies Geschenk hervorgegangen sei aus dem Gefühle der Dankbarkeit, der edelsten und schönsten Zierde des Menschen. Sinnig bezeichnete er sie als das sichtbare Band, das seine früheren Zöglinge mit ihm in alle Zukunft in liebetreuem Andenken verbinde.

Am 1. August begaben sich dann auch eine Anzahl jüngerer Priester der Stadt zum Hochwürdigsten Herrn Weihbischof, überbrachten demselben Namens aller jener Geistlichen, welche während 12 Jahren nacheinander seine Zöglinge im Seminar gewesen, die herzlichsten Glückwünsche und überreichten ein prächtiges, von dem bewährten Meister Herrn Felsenhart gearbeitetes, durch kunstvolle Filigranarbeit ausgezeichnetes, reich mit Perlen und Steinen geschmücktes Pectoralkreuz nebst Kette. Dasselbe trägt in Emaille die Inschrift: In cruce salus, vita et resurrectio nostra. (Im Kreuze unser Heil, Leben und Auferstehung.) Die bei dieser Gelegenheit von dem päpstlichen Ehren=Kämmerer und bischöflichen Geheimsecretär Herrn Kratz gehaltene lateinische Anrede lautet ihrem wesentlichen Inhalt nach folgendermaßen:

Hochwürdigster Herr!

Wir erscheinen hier im Namen der jüngern Priester der Diöcese, welche während der letzten 12 Jahre als Zöglinge des Priester=Seminars unter Ihrer Leitung in der heiligen Wissenschaft unterrichtet und in den clericalen Geist eingeführt worden sind. Wir alle denken gerne zurück an die glücklichen Tage des stillen Seminarlebens, wo Sie bemüht waren, uns um so eifriger zur Liebe und Nachahmung des Gekreuzigten anzuleiten, je weiter leider die Welt von ihm sich entfernt und dadurch auf Abwege geräth. Gibt es ja doch keinen Andern, in dem wir Heil finden könnten. Auch sind uns noch gar wohl im Andenken die heilsamen Ermahnungen, wodurch Sie damals das hl. Feuer der Liebe zur Kirche in den jugendlichen Herzen entzündeten, wohl wissend, daß dieses gerade die Diener der Kirche zur Erfüllung ihrer Berufspflichten um so tüchtiger macht, je wärmer dasselbe drinnen glüht. Nunmehr freuen wir uns, Sie durch Gottes Fürsehung zur bischöflichen Würde erhoben zu sehen, die Ihnen die erhabene Pflicht auferlegt, noch eifriger für Christus und seine Kirche einzutreten. Daß Sie dieses hl. Amt in einer Weise ausüben werden, wie sie des ehrwürdigen Episcopates durchaus würdig ist, welcher, für Engel und Menschen ein wunderbares Schauspiel, inmitten der allgemeinen Verwirrung unserer traurigen Zeit so einmüthig und fest zum hl. Vater hält, welcher höchst ruhmvoll die Kirche Gottes regiert: das erwarten Alle in freudigster Zuversicht. Wir fürwahr erkennen es als eine beson=

ders günstige Vorbedeutung an, daß Sie, der ruhmvolle Vertheidiger des Ehrentitels des hl. Stuhles als des „Apostolischen", durch die Gnade eben dieses hl. Stuhles Bischof jener Stadt geworden sind, in deren Nähe der Apostelfürst für den Heiland Zeugniß abgelegt und die für die Kirche so bedeutungsvolle Verheißung empfangen hat. Daher jubeln wir freudig ob dieser Ihrer Erhöhung und wünschen Ihnen von ganzem Herzen Heil und Segen! Indeß drängt es uns, die Gesinnungen der Ehrfurcht, Dankbarkeit und Liebe, die uns beseelen, nicht bloß durch Worte, die gewiß durchaus aufrichtig sind, sondern mehr noch durch ein bleibendes Zeichen zu bestätigen. Mögen Sie denn, Hochwürdigster Herr, ein Geschenk huldvoll entgegennehmen, welches ein Künstler Ihrer Vaterstadt angefertigt, und das wir zur Ueberreichung an Ihrem Ehrentage in freudiger Liebe gemeinsam beschafft haben. Dieses Brustkreuz aber soll Ihnen beständig verkünden, welche Hochachtung wir gegen Sie hegen. Sein Goldglanz erinnere an unsere kindliche Liebe, der Schimmer seiner Edelsteine deute unsere Dankbarkeit an, die goldene Kette sage Ihnen, wie sehr wir wünschen, daß das Band der Liebe, womit Sie uns in väterlichem Sinne umfassen, immer inniger sich schlinge. Mögen Sie denn auch fernerhin, wo Sie mit diesem Zeichen Ihrer Würde geschmückt sein werden, Hochzuverehrender Herr Regens, Ihre Alumnen im Herzen tragen. Wir unsererseits versprechen Ihnen, daß wir, beim hl. Opfer und im priesterlichen Gebete Ihrer eingedenk, eifrigst flehen werden, daß Jener Sie allezeit stärken möge, dessen Gotteskraft das Weib von Paneas durch die bloße Berührung des Saumes seines Kleides so wunderbar an sich erfahren hat[1]). Leben Sie denn lange, Hochwürdigster Herr Weihbischof, und bleiben Sie gesund und kräftig, um Ihr hl. Amt ehrenvoll und segensreich zu verwalten. Mögen Sie viele Jahre noch, wie bisher, das gläubige Volk erbauen, der Priesterschaft vorleuchten und unserm allverehrten Bischofe eine kräftige Stütze sein in der Verwaltung seines ausgedehnten Sprengels, damit unter Gottes gütigem Schutze der geliebte Oberhirt uns möglichst lange erhalten bleibe. Das gewähre uns durch die Kraft seines heiligen Kreuzes unser Herr und Heiland Jesus Christus, in dem Heil, Leben und Auferstehung für uns ist, und dem Lob und Ehre sei in alle Ewigkeit!

---

[1]) Nach der Ueberlieferung war jenes Weib (Veronica) aus Paneas gebürtig.

Der Herr Weihbischof dankte, sichtlich gerührt, für diesen Beweis der Liebe. Es sei ein sinnreiches Geschenk das Kreuz, das Zeichen unseres Glaubens, der die Welt überwunden, die Stütze und der Ruhm der Kirche. Auf das Kreuz baue der jetzt so schwer geprüfte hl. Vater Pius IX., unser verehrungswürdiger Bischof Wilhelm: auch seine Stütze und sein Vertrauen solle das Kreuz sein. Der Karthäuserorden habe als Wappen ein Kreuz mit der Umschrift: „Stat crux, dum volvitur orbis" (während Alles vergeht, das Kreuz allein besteht). Die Kette aber sei ein Symbol der fortdauernden hl. Liebesgemeinschaft zwischen ihm und seinen ehemaligen theuern Alumnen, denen er, was er ihnen als Regens vielleicht nicht gewesen, als Bischof sicher sein wolle.

Samstags verfügte sich der Kirchenrath der hiesigen St. Gangolphspfarrei zum Hochwürdigsten Herrn Weihbischof, der in genannter Pfarrei geboren und erzogen ist, um demselben einen durch Herrn Felsenhart sehr zierlich verfertigten Bischofsring mit Amethist zu überreichen. Herr Landgerichts-Präsident Gräff hielt die Ansprache, welche der Hochwürdigste Herr dankend erwiederte.

Sonntag den 3. August fand die feierliche Consecration des Herrn Weihbischofs unter Theilnahme eines zahlreichen Clerus und Volkes statt. Am Vorabende schon kündeten die Domglocken mit ihrem majestätischen und wunderbar herrlichen Geläute der Stadt das hohe Fest an. Am Morgen versammelten sich die Geistlichen im bischöflichen Palais, und von dort aus bewegte sich nun gegen 9 Uhr der Zug nach einem von Herrn Domdechanten Martini für die Consecrationsfeier verfaßten Programme in folgender Ordnung zur Domkirche: Es eröffneten den Zug die Alumnen des Priester-Seminars, voran das Kreuz zwischen den Leuchterträgern, dann folgten die Geistlichen, die Pfarrer, die Professoren des Seminars, und nun der Hochwürdigste Herr Consecrandus und die assistirenden Hochwürdigsten Bischöfe mit ihren Kaplänen und Akolythen, hierauf der Hochwürdigste Herr Consecrator, dann der Notarius des Hochwürdigsten Consecrators und zuletzt die Dienerschaft. An der Hauptthüre des Domes wurden die Hochwürdigsten Herrn Bischöfe von dem Domkapitel empfangen; der Herr Domdechant reichte Hochdemselben Weihwasser und Incens, und hierauf reihte sich die Domgeistlichkeit dem Zuge ein. Dieser führte zuerst durch das nördliche Seitenschiff des Domes nach der Kapelle des Allerheiligsten Sacramentes zur Adoration und von da nach dem hohen Chore. Bei dem Eintritte in das Chor vertheilten sich die Geistlichen in die Chorstühle, wo auch die katholischen Mitglieder der Königlichen Regierung, des Königlichen Landgerichtes, des Stadtrathes, des Gymnasiums, der Real- und Gewerbeschule u. s. w. Platz nahmen. Nachdem die Hochwürdigsten Herren Bischöfe sich an ihren Stellen niedergelassen hatten, wurde die Terz im Chore gesungen, während welcher Hochdieselben sich ankleideten. Nach der Terz begann die Feier der Consecration und der hl. Messe nach dem Pontificale. Zunächst wurde von dem Justizrathe Dr. Euler als Notarius das päpstliche Mandat vorgelesen, und nun erfolgte die hl. Handlung selbst, wie sie im „Eucharius" schon beschrieben worden ist. Ueberaus rührend und ergreifend sind die verschiedenen Ceremonien, unter welchen die Consecration vorgenommen wird; besonders ist es die gemeinschaftliche Communion, welche auf das Gemüth den tiefsten Eindruck macht. Bei der Inthronisation erschallten wieder die Domglocken in festlichem Geläute; und während das Te Deum gesungen wurde, ging der Neugeweihte, von den Assistenten geleitet, durch den Dom, um dem christlichen Volke zum ersten Male den bischöflichen Segen zu ertheilen. Nach vollendetem Consecrations-Akte legten die Hochwürdigsten Bischöfe ihre Pontificalkleider ab; inzwischen wurde im Chore die Sext gebetet. Jetzt trat der Neugeweihte in Begleitung der beiden Hochwürdigsten Herren Assistenten zu dem Hochwürdigsten Consecrator und sprach, sichtbar auf's Tiefste ergriffen, in einer lateinischen Anrede gegen Hochdenselben seinen Dank aus; ebenso dankte er den Herren Assistenten; er sprach von der schweren Bürde des bischöflichen Amtes, die nun auf seine Schultern gelegt sei, bekannte in ungeheuchelter Demuth, daß er sich dessen nicht würdig halte, doch setze er all' sein Vertrauen auf die Gnade des hl. Geistes, welche durch die Händeauflegung des Consecrators unter Beihilfe seiner beiden Herren Assistenten in der hl. Weihe so reichlich ihm sei mitgetheilt worden; schließlich bat er Hochdieselben, ihn als einen Mitgenossen und Mitbruder in ihr bischöfliches Gremium aufzunehmen. Darauf erwiederte der Hochwürdigste Herr Consecrator gleichfalls in lateinischer Rede, wie sehr er sich freue, ihn als seinen Bruder begrüßen zu können; er habe gelesen, daß der Thau, der vom Hermon herabfließe, die Landschaft von Paneas zu einer fruchtreichen mache, so möge auch die Gnade des hl. Geistes, die ihm heute zu Theil geworden, in reichen Strömen von seinen Händen in die Herzen der Gläubigen sich ergießen. Dann aber gedachte Hochderselbe nicht ohne große Rührung, daß er nun schon zwanzig Jahre das Oberhirtenamt verwalte und bereits drei Weihbischöfen seiner Diöcese die Hände aufgelegt habe. Der erste von diesen war der Hochwürdigste Herr Bischof von Münster, welcher heute bei dem hl. Akte assistirte. Es gedachte ferner der Hochwürdigste Herr Consecrator seines vorgerückten Alters, wo er einen Gehilfen ganz besonders werde nothwendig haben, und wandte er sich an den Neugeweihten mit der Bitte, daß er ihm in seinem Alter ein Stab und eine Stütze sein möge, und schloß mit den Worten: In senectute mea ne derelinquas me! (In meinem Alter verlaß' mich nicht). Der Neugeweihte wird solche Worte, aus solchem Munde bei solcher Veranlassung gesprochen, nie vergessen; er wird seinem Bischofe, der ein so großes Vertrauen in ihn gesetzt und mit einer so zuvorkommenden Liebe ihn aufgenommen hat, der treueste Gehilfe sein und die Last seines oberhirtlichen Amtes ihm auf jede Weise zu erleichtern und zu versüßen suchen. In derselben Ordnung bewegte sich hierauf der Zug wieder zum bischöflichen Palais zurück, nachdem an der Domthüre noch in üblicher Weise den Hochwürdigsten Herren Bischöfen von dem Domdechanten Weihwasser und Incens war gereicht worden.

Trier darf sich dazu Glück wünschen, daß aus seiner Mitte der Mann hervorgegangen ist, welchen unser Hochwürdigster Herr Bischof zu seinem Gehilfen in der Führung des oberhirtlichen Amtes auserkoren hat; denn er besitzt alle jene Eigenschaften und Gaben, welche zu einem so wichtigen Amte erforderlich sind, eine große Gelehrsamkeit, tiefe theologische Kenntnisse, Festigkeit des Characters, Scharfsinn des Geistes, Klugheit und Frömmigkeit.

Beim Schlusse des Festmahles im Hause des Herrn Weihbischofs hielt der Domcapitular Dr. Kraft folgende Ansprache: „Es ist mir das Glück zu Theil geworden, mit dem hochverehrten Manne, auf dessen Haupt gestern das hl. Salböl herabgeflossen ist, und dessen Stirne die bischöfliche Mitra umkränzt hat, siebenzehn Jahre unter Einem Dache zu wohnen, an Einem Tische zu essen und zu Einem Ziele in brüderlicher Gemeinschaft zu arbeiten, die jungen Cleriker nämlich für ihren erhabenen Beruf heranzu-

bilden. Wie sollte ich an der Erhebung desselben zur bischöflichen
Würde nicht den allerinnigsten Antheil nehmen? Wie mir scheint,
ist nicht ohne besondere providentielle Fügung gerade in Paneas
ihm ein bischöflicher Sitz angewiesen worden. In der Nähe von
Paneas, in partibus Caesareae Philippi hat der Herr das denk=
würdige Wort: Tu es Petrus! gesprochen. Dort aber hat unser
Herr Weihbischof sehr oft mit seinem denkenden Geiste verweilt:
z. B. damals, als er mit ebenso vieler Erudition als großem
Scharfsinne die Bedeutung des Titels „Sedes apostolica" er=
örterte. Wiederum vor zwei Jahren hat er von dort seinen Aus=
gang genommen, wo er einen Rundgang durch die christlichen
Jahrhunderte angestellt und in glänzenden Panorama's die welt=
geschichtliche Bedeutung des Papstthums gezeichnet hat. Ja selbst
an dem Tage, an welchem er die erste Kunde von seiner Ernennung
zum Bischofe von Paneas erhielt, hat ihn das Evangelium des
Festes nach Paneas in partes Caesareae Philippi geführt, denn
es wurde eben die Memoria des hl. Papstes Leo des Großen
begangen. Nun ihm dort von dem Inhaber des Stuhles Petri,
dessen Vorrechte und Verdienste er so oft mit beredtem Munde
seinen Schülern und dem christlichen Volke geschildert hat, eine
Sedes episcopalis zugetheilt ist: — wer sollte darin nicht die
Hand Desjenigen erkennen, der die Geschicke der Menschen wunder=
bar leitet und füget! — Dessen freuen sich nun seine ehemaligen
Collegen im Lehramte, dessen freuen sich seine vielen Schüler
und Zöglinge, deren Zahl wohl sich auf vierhundert beläuft:
dessen freut sich diese seine Vaterstadt und in derselben besonders
die Pfarrgemeinde, in deren Mitte er aufgewachsen ist; dessen
freut sich die ganze Diöcese, dessen freuen wir uns Alle.

Wir halten uns zugleich für hochgeehrt durch die Anwesen=
heit des Hochwürdigsten Herrn Bischofs von Münster, der unserer
Diöcese so nahe angehört, der in derselben ein so freundliches
Andenken zurückgelassen hat, und in dem Viele mit mir einen
hochgeschätzten Lehrer verehren. Wir halten uns ebenfalls dadurch
hochgeehrt, daß die Erzbiöcese Cöln, unsere Metropolitankirche,
die mit unserer Diöcese im alten Glauben, in schwesterlicher
Liebe und in treuer Anhänglichkeit an den apostolischen Stuhl
verbunden ist, durch ihren Hochwürdigsten Herrn Weihbischof an
dieser Festfeier Theil genommen hat. Unserm allgeliebtesten und
hochverehrtesten Hochwürdigsten Herrn Bischofe aber, den Gott

uns noch viele Jahre erhalten wolle, glauben wir zu dieser Wahl aus vollem Herzen Glück wünschen zu können: denn wir wissen, daß er in dem neuen Herrn Weihbischofe einen ebenso treuen als eifrigen Gehilfen in der Führung seines oberhirtlichen Amtes gefunden hat, der gleich seinen würdigen Vorgängern die Last des bischöflichen Amtes ihm erleichtern und versüßen wird."

Wie nun der neue Herr Weihbischof sein heiliges Amt verwaltet, wie unverdrossen er im Dienste des Herrn gearbeitet, wie erhaben, salbungsvoll und eindringlich er Gottes Wort vor den Firmlingen und bei sonstigen feierlichen Anlässen verkündigt, dafür könnte man viele Proben anführen. Nachdem er rasch nacheinander zwei Bischöfe gesegneten Andenkens hat in's Grab hinabsteigen gesehen, war nunmehr er die Persönlichkeit, auf die sich die Blicke der Diöcese richteten in der Hoffnung, daß er nun zu Aller Heil und Frommen den Hirtenstab des hl. Eucharius aufnehmen möge."
Der Tag der Bischofswahl wurde festgesetzt auf den 16. Juli 1867. Ueber den Verlauf derselben enthielt der ‚Eucharius' in Nr. 29 folgenden Artikel:

Die Bischofswahl.

„Und das Loos fiel auf Matthias."

„Schon am Vorabende des 16. Juli verkündete das feierliche Geläute von allen Thürmen der Stadt, welches sich mit dem rollenden Donner eines verhallenden Gewitters vermischte, den Bewohnern Trier's und der Umgegend, daß der kommende Tag ihnen den Namen des Mannes nennen würde, den die Vorsehung zum Oberhirten der altehrwürdigen Diöcese bestimmt habe. Mit großer Erwartung strömten am Morgen des 16. Juli die frommen Gläubigen zum Dome, wo zuerst um 8 Uhr ein feierliches Hochamt de spiritu sancto, celebrirt von Herrn Dompropst Holzer, begann. Es wohnte demselben im Chore bei der hohe Wahlcommissarius Sr. Majestät des Königs, Herr Regierungspräsident von Gärtner, der gesammte Clerus, die Spitzen der städtischen Behörde und viele hochgestellte Beamte und angesehene Bürger der Stadt. Nach Beendigung des Hochamtes versammelte sich das Wahlcapitel, zwölf an der Zahl (zwei Stimmen fehlten in Folge des Ablebens des Herrn Domcapitularen Dr. Rosenbaum und der Abwesenheit des Herrn Dechanten Crementz) um den Altar, um dort zum letzten Male den heil. Geist in feierlichem Gesange um seinen göttlichen Beistand anzurufen. Sobald die erste Strophe des Hymnus „veni creator" gesungen war, setzte sich der Zug der Cleriker in Bewegung, um die Wähler in den Capitelsaal zu geleiten und von dort in's Chor zurückzukehren. Die anwesenden Gläubigen vereinigten nun ihre Gebete, um den Segen des Himmels noch einmal auf die Wahl herabzuflehen. Noch war keine volle Stunde verflossen, als der Kapitelsaal sich öffnete und eine Deputation des Wahlcollegiums erschien, um den königlichen Wahlbevollmächtigten, der mittlerweile in seine Wohnung zurückgekehrt war, von der erfolgten Wahl in Kenntniß zu setzen und ihn in's Wahllokal einzuführen, damit er dort der Wahl die königliche Bestätigung ertheile. In höchster Spannung sahen die Versammelten darauf ein Mitglied des Domcapitels in die Mitte des Chores treten, um in lateinischer Sprache das Ergebniß der Wahl zu verkünden, welches sodann auch von der Kanzel den anwesenden Gläubigen in deutscher Sprache mitgetheilt wurde. Die freudige Erregung, die sich bei Nennung des Namens allerwärts kundgab und sich sogar hier und da in Thränen aussprach, sowie die kaum verhaltenen Beifallszeichen der versammelten Menge waren ein deutlicher Beweis, daß die Wahl nach dem Herzen des Volkes geschehen war. Es war ein feierlicher Moment, als nun das Domcapitel, den hohen Erwählten in der Mitte, welcher mit dem Pluviale bekleidet war und eine brennende Kerze in der Hand trug, im Chore wieder erschien und sich um den Altar aufstellte, um in den feierlichen Klängen des Te Deum Gott, dem Geber alles Guten, den gebührenden Dank abzustatten.

Wirklich überraschend war es, die Straßen der Stadt sogleich nach der Feierlichkeit wie auf einen Schlag mit Fahnen geschmückt zu sehen. Zu Ehren des Hochwürdigsten Herrn Eberhard hatte der Regierungspräsident Herr v. Gärtner Namens Sr. Majestät des Königs das Domcapitel, die gesammte Geistlichkeit, sowie die Spitzen der städtischen und militärischen Behörde nebst den Notabeln Trier's zu einem Festmahle im Rothen Hause eingeladen. Der erste dabei von Herrn v. Gärtner ausgebrachte Toast galt Sr. Majestät unserm Könige und Sr. Heiligkeit Pius IX. und betonte das friedliche Zusammenwirken von Kirche und Staat als die nothwendige Bedingung der gedeihlichen Entwicklung beider Gewalten. Der zweite von Herrn Dompropst Holzer galt dem Wohle des hohen Erkorenen und sprach den Wunsch aus, daß derselbe noch viele Jahre mit Milde und Festigkeit den Hirtenstab führen und sich als treuer Diener des Staates, sowie Beschützer des confessionellen Friedens bewähren möge. Seine bischöflichen Gnaden endlich feierten in glänzender Beredsamkeit die tolerante gerechte Gesinnung des Herrn Regierungspräsidenten, welche ihm seine zukünftige Stellung hinsichtlich des friedlichen Zusammengehens zwischen Kirche und Staat gewiß leicht machen werde und welche jetzt seine Furcht, mit der er zur steilen Höhe hinanzusteigen beginne, zur Freude mäßige. Der Abend sah trotz regnerischen Wetters die Stadt in Beleuchtung, und zeichnete sich besonders das Portal der Gangolphskirche aus, welches umgeben von reichsten Feuergewinden ein geschmackvolles Transparent trug, auf dem die sinnigen Worte prangten: „**Und das Loos fiel auf Matthias.** Erbitte deinem Sohne Heil und viele Jahre, o hl. Gangolph." Herr Eberhard war nämlich vor Beginn seiner priesterlichen Laufbahn ein Pfarrkind von St. Gangolph gewesen, und war das elterliche Haus fast dicht neben dem Eingang zur Gangolphskirche durch die in Licht dargestellten Insignien der bischöflichen Würde und reichliche Blumenguirlanden glänzend gekennzeichnet. Trier darf stolz darauf sein, daß aus seinem Schooße der Mann hervorgegangen, der nunmehr den bischöflichen Stuhl der eigenen Vaterstadt und Diöcese besteigen und den glorreichen Stab des hl. Eucharius führen sollte. Derselbe wird nach der früher gewöhnlichen Rechnung der 120.- sein in der langen Reihenfolge der Bischöfe, welche von Eucharius an die Mitra trugen, der erste, welcher aus der Stadt Trier selbst gebürtig ist.

Durch Verfügung des Cultusministers war der 9. November 1867 zur Ablegung des Staatseides für den Herrn Bischof bestimmt worden. Diesen Eid hat der hohe Erwählte zu Koblenz in die Hände Sr. Excellenz des Oberpräsidenten und Wirklichen Geheimrathes, Herrn v. Pommer-Esche als des dazu bevollmächtigten Stellvertreters Sr. Majestät des Königs an dem bezeichneten Tage gegen 11 Uhr Vormittags im Saale des Regierungsgebäudes abgelegt. Als Zeugen waren bei dem feierlichen Akte zugegen der Vice-Präsident der königl. Regierung, Graf v. Villers, der Ober- und Geheime Regierungsrath Brünnemann und der Oberpräsidialrath v. Duesberg, dann die beiden Begleiter des Hochwürdigsten Herrn Bischofs, die Domcapitulare Lück und Kraft und der Ehrendomcapitular und Dechant Crementz, jetzt Bischof von Ermeland. Zu dem Mittagsmahle, welches darauf der Herr Oberpräsident zu Ehren des neuen Bischofs gab, waren die höchsten Civil- und Militär-Autoritäten der Stadt geladen. Tags darauf wurde der Herr Bischof von Ihrer Majestät der Königin in besonderer Audienz empfangen und dann mit seinen Begleitern zur königlichen Tafel gezogen. Nunmehr konnte auch der Tag der Inthronisation definitiv festgestellt werden. Der 13. November wurde dazu ausersehen, und hat an demselben die hohe Feierlichkeit ihren glänzenden Verlauf genommen. Der „Eucharius" hat darüber folgenden Bericht gebracht:

Inthronisation
des Hochwürdigsten Herrn Bischofs Dr. Matthias Eberhard.

Da die Inthronisation die Bedeutung der eigentlichen Besitzergreifung des bischöflichen Stuhles und des wirklichen Amtsantrittes hat, so läßt sich begreifen, weßhalb dieselbe für Clerus und Volk der Diöcese, namentlich aber der Stadt Trier, ein Gegenstand großer festlicher Freude wurde.

Am Morgen des Vortages erschienen zuerst die geistlichen Herren Vorsteher und Professoren des Priesterseminars, um ihre Glückwünsche auszusprechen und zugleich die von Herrn Professor Dr. Henke veranstaltete Festschrift: „De oratione vocali von Alvarez de Paz" zu überreichen. Ihnen folgte das wohllöbliche Stadtverordnetenkollegium mit dem Herrn Oberbürgermeister de Nys, welcher im Namen der Trier'schen Bürgerschaft dem Gefühle der allgemeinen Freude Ausdruck gab.

Die Damen der Stadt ließen durch eine Deputation aus ihrer Mitte einen überaus reichen, von den kunstfertigen Händen der Franziskanessen gestickten Chormantel als Zeichen ihrer Huldigung überreichen. Des Abends überreichte die Hochw. Pfarrgeistlichkeit durch die Hände des Herrn Dechanten Schue einen prachtvollen gothischen Kelch mit Meßkännchen von Gold, als bleibendes Andenken an den hochwichtigen Tag und als Zeichen der aufrichtigen Freude, mit der sie den neuen Oberhirten begrüßten. Die Feier wurde am Vorabende mit allen Glocken der Dom- und Stadtkirchen eingeläutet.

Am Tage der Inthronisation selbst begab sich das hohe Domcapitel und der ganze versammelte Clerus, Morgens 8 Uhr, in die bischöfliche Wohnung, um den Hochwürdigsten Herrn in den Dom zu begleiten. Beim Eintritt in den Dom empfing ihn der celebrirende Dompropst und reichte ihm das Aspergill und das Ehren-Incensum. Nachdem die Domgeistlichkeit, der anwesende Stadt- und Landclerus und die geladenen Honoratioren in den Chorstühlen Platz genommen, begann das feierliche Hochamt, nach dessen Beendigung die Verlesung der beiden an Clerus und Volk der Diöcese gerichteten päpstlichen Urkunden durch den Herrn Justitiar erfolgte. Hierauf schritt der Hochwürdigste Herr an das Gitterthor des Chores und sprach von dieser erhabenen Stelle Worte voll des hl. Geistes an die überaus zahlreich versammelten Gläubigen, welche die weiten Räume des Domes füllten. Wir bedauern, sie nur unvollständig nach dem Gedächtnisse wiedergeben zu können.

„Ihr habt soeben die apostolischen Bullen vernommen, durch die ich vom obersten Hirten hier auf Erden zum Hirten dieser Diöcese berufen bin. In diesem Rufe erkenne und verehre ich den Ruf des obersten Hirten der Seelen, Jesu Christi, den Rathschluß Gottes über mein Leben, den ich nicht ergründen will, von dem ich nur weiß, daß er aus lauter Liebe und Barmherzigkeit hervorgegangen ist. In dieser festen Ueberzeugung, aber auch in der tiefsten Demuth meines Herzens nehme ich Besitz von dem bischöflichen Stuhle, und es ist deßhalb in dieser Stunde mein Gewissen vollständig ruhig. Denn ich weiß, daß die wahre Demuth sich weder unberufen vordrängt, noch hartnäckig sich zurückzieht, und daß die wahre Vollkommenheit darin besteht, dem Rufe Gottes überall hin zu folgen. Indem aber mein Gewissen ruhig ist, ist mein Herz von Schrecken und Angst erfüllt. Denn ich bin mir ebenso sehr bewußt, daß über dem bischöflichen Throne die Loose meines Heiles oder meines Verderbens zittern, und nicht nur des meinigen, sondern auch Vieler von Euch. Ich weiß, was meiner wartet. Lange Jahre habe ich der bischöflichen Würde nahe gestanden. Von Ferne betrachtet erscheinen derartige hohe Würden in blendendem Glanze und verbergen, was Schweres und Mühevolles mit ihnen verbunden ist, ähnlich wie die Berge aus der Ferne betrachtet mit einem bläulichen Dufte trügerisch umkleidet erscheinen, der das Steingerölle und Felsgezacke und ihre tiefen Abgründe verhüllt. Ich kenne demnach die Höhe, die ich besteige, weil ich so lange ihr nahe gestanden; und wenn ich sie auch nicht kännte, so könnte ich sie aus dem einen Worte unseres Heilandes, das er zu den Aposteln und ihren Nachfolgern gesprochen, kennen lernen: Folge Mir nach. Ihm soll und will ich folgen und in seine Fußstapfen treten; daher muß ich auch darauf gefaßt sein, daß die Insignien seines obersten Hirtenamtes, das er geführt hier auf Erden, auch die des meinigen sind. Es waren das: die Dornenkrone, das Schilfrohr und das Kreuz.

Die Dornenkrone, die sich um die bischöfliche Mitra schlingt — das sind die Gedanken an die Rechenschaft, die ich einstmal vor Gott werde ablegen müssen, das sind die Sünden, die Aergernisse, die Unordnungen einer ganzen Diöcese. Der heilige Geist sagt in der Schrift: „Ich ging vorüber an dem Acker des Trägen und sah ihn voll Dornen." Das sind auch die Dornen, die in mein Haupt und mein Herz bringen, die Trägheit und Lauheit im Guten. Und der Heiland sagt: „Von dem Samen fiel ein Theil unter die Dornen": das sind die Dornen meines Hauptes — all die Worte der Ermahnung, die unter die Dornen fallen und unfruchtbar bleiben; es sind die Glaubensleerheit, die Unkeuschheit, die Maßlosigkeit im Genießen, die Proceßsucht, die Entheiligung des Sonntags, die mir wie Dornen in die Seele stechen werden. Mag das bischöfliche Amt auch mit Ehren umgeben sein, es ist voll der Dornen. Die Dornenkrone, mag man sie auch auf seidenem Kissen reichen, oder mag sie mit Goldfäden durchzogen sein, sie bleibt immer eine Dornenkrone. Auch Ihr, Geliebte! könnt zwar nicht machen, daß diese Dornenkrone nicht schmerzt, Ihr könnt aber sie weniger schmerzlich für mich machen. Ihr könnt die Dornenkrone nicht zu einer Rosenkrone umschaffen, Ihr könnt aber wenigstens Rosen zwischen die Dornen flechten.

Das zweite Insigne des Hirtenamtes Jesu Christi war das Schilfrohr. Das ist das Scepter, womit er die Seelen geleitet; das sei auch das meinige. Das Schilfrohr ist schwach in sich, so ist auch meine Kraft zwar schwach, aber stark bin ich in Dem, der mich stärkt. Das Schilfrohr gibt nach, biegt sich und schmiegt sich, so auch meine Leitung — kein eisernes, starres Regiment, sondern voll Geduld, voll Nachsicht und Nachgiebigkeit.

Wer hat sich mehr als Jesus Christus gebeugt unter die Füße der Menschen, ja bis tief in's Grab? und doch — die eisernen Scepter der heidnischen Cäsaren sind gefallen; Christus herrscht noch fort und fort als Leiter der Seelen, und ihm huldigen die Völker. Demgemäß soll das Schilfrohr auch mein Scepter sein; meine Leitung sei voll Geduld! Ich erwarte nicht, daß die Saat an demselben Tage schon reife, da sie ausgesäet; ich weiß, daß im geistigen Leben Alles nur langsam reift, und daß nur Gott es ist, der die Reife hervorbringt. Meine Leitung wird sein voll Nachsicht, die das zerknickte Rohr nicht bricht, sondern es aufzurichten sich bemüht. Erwartet daher von mir keine starre Energie, kein starres Durchgreifen in allen Verhältnissen. Hütet Euch indessen auch, Euern Bischof der Schwäche zu beschuldigen, wenn nicht alle Eure hochgespannten Erwartungen sich auf einmal erfüllen! Unter diese Leitung aber beuget Euch in unterwürfigem, willfährigem Gehorsam! — Dadurch wird das schwankende Schilfrohr stark.

Das dritte Insigne ist das Kreuz; das Kreuz ist der Thron, von dem aus Christus regieret: Regnavit a ligno Deus. Das Kreuz wird auch von nun an mein Loos sein, und ich bin überzeugt, daß von jetzt an keine Stunde in meinem Leben ohne Kreuz und Leiden sein wird.

Das Kreuz ist die Stätte des Opfers; das ist meine Aufgabe, jetzt mich ganz zu opfern für Euch mit Allem, was ich bin und habe, mich für Euer Wohl hinzugeben. Das ist das Merkmal edler Seelen, daß sie ihre Freude darin finden, sich für Andere hinzuopfern; und ich bitte Gott, daß er diesen edlen Geist auch meiner Seele mittheilen möge. Indem ich jetzt die Huldigung meines Clerus entgegennehme, beuge ich mich selbst in tiefster Demuth unter jeden von ihnen, indem ich fest überzeugt bin, daß der Geringste von ihnen besser ist, als ich. Ich bitte Gott, daß, wenn er sonst nichts Gutes an mir findet, er wenigstens diese demüthige Gesinnung in Gnaden anschaue und ein zerknirschtes Herz nicht verschmähe."

Demnächst geleitete der Herr Celebrans Se. bischöfliche Gnaden auf den bischöflichen Stuhl. Sobald Hochderselbe hier Besitz genommen, stimmte der Erstere unter dem Geläute sämmtlicher Domglocken das Te Deum an, während die anwesende Geistlichkeit, voran die Herren Capitularen, der Reihe nach ihre Huldigung durch Küssen des Bischofsringes darbrachten.

Nach diesem erhebenden Acte ertheilte der Hochw. Bischof vom Hochaltare den ersten oberhirtlichen Segen, worauf das Capitel Hochdenselben bis zum Ausgange aus dem Dom begleitete.

Schon am frühen Morgen hatte sich die Stadt in ihr Festgewand gekleidet, und prangten die Straßen im reichsten Fahnenschmuck.

Um 1 Uhr fand das Festmahl in den Räumen des bischöflichen Hofes statt. Eine ausgewählte Versammlung von Geistlichen und Laien, die Spitzen der Civil- und Militärbehörden, waren dort vereinigt. Zum Schlusse desselben brachte der Hochwürdigste Herr einen glänzenden Toast auf die Träger der beiden höchsten Gewalten in Staat und Kirche aus; zur Erwiederung darauf feierte der Divisionsgeneral Se. Excellenz Herr v. Barnekow den neuinthronisirten Bischof, indem er hervorhob, daß Alle ohne Unterschied des Bekenntnisses die Thronbesteigung Sr. bischöflichen Gnaden mit freudiger Hoffnung begrüßten. Obschon bereits der Tag der Wahl durch eine allgemeine Illumination ausgezeichnet worden war, ließen die Bürger Trier's es sich nicht nehmen, auch diesmal durch eine glänzende Beleuchtung der Häuser den Abend des für die Stadt so ehrenvollen Tages zu beschließen. Einen besonders prachtvollen Anblick gewährte der fast bis zur Spitze beleuchtete Gangolphsthurm, zu dessen Füßen das elterliche Haus des hohen Inthronisirten durch seinen Lichter- und Guirlandenschmuck die Augen der Vorübergehenden auf sich zog. Großartig und erhaben stand die alte Cathedrale, der Dom, in ihrem Lichterglanze da, als wollte sie es der ganzen Welt verkünden, daß nunmehr ihre Wittwentrauer zu Ende gegangen. Den Glanzpunct des Abends bildete der von den Bürgern Trier's dargebrachte Fackelzug mit Serenade. Auf dem Kornmarkt versammelte sich der Zug, der sich in langer Reihe unter den rauschenden Musikklängen der städtischen Capelle durch die Fleischstraße über den Markt nach der bischöflichen Wohnung bewegte. Vor dem Palais wurde unter der Leitung des Herrn Domorganisten Mich. Hermesdorf ein Ständchen gebracht, wobei auch ein von Letzterm componirtes Gesangstück (mit folgendem Texte) unter Musikbegleitung zur Aufführung gelangte:

O heilig Trier, beglückte Braut,	Auf diesen neuen Ehrenkranz.
Es strahlt um dich der Fackeln Glanz!	Er sieht, wie Lichter — Herzen flammen,
Dein Bräutigam herniederschaut	Er schaut sein treues Volk zusammen.

Doch schöner, als der Fackelschein,
Erglänzt, o Hirt, Dein holder Blick;
Er will ein Stern dem Volke sein,
Wenn jener sinkt in Nacht zurück.
Du willst uns Führer, Wächter werden
Und milder Tröster in Beschwerden.

Und süßer, als dies Abendlied,
Ist uns ein Wort aus Deinem Mund;
Gesang hinab Dein Herze zieht
Zu Deiner Schäflein treuem Bund;
Doch läßt Du Deine Stimm' erschallen,
Wir froh hinauf zum Himmel wallen.

Und über Blick und Worten ragt
Die Hand, die sich zum Segnen hebt,
Die, ob es dunkelt, ob es tagt,
Den schönen goldnen Faden webt,
Der Schäflein an den Hirten bindet,
Bis er sie einst im Himmel findet.

Den warmen Worten des Herrn Oberbürgermeisters de Nys, der alsdann im Namen der Stadt sprach, erwiederte der Hochwürdigste Herr in längerer Ansprache vom Balkon herab: Seine Freude über die vielen und glänzenden Beweise der Liebe zu dem bischöfl. Stuhle sei so groß, daß er lieber mit Thränen, als mit Worten, antworten möchte. Darin erkenne er den doppelten Grund seiner Freude, daß sich eine so allgemeine Liebe zu Christus, dem Herrn, und seiner hl. Kirche kundgebe, und daß man mit so großer Hingebung den altehrwürdigen Trier'schen Bischofsstuhl feiere. Die ganze Ehre des Tages gelte nicht ihm, dem armen Menschen, sondern dem Stellvertreter Gottes; und er möchte gleichsam alle Lichter, die jetzt so zahllos fackelten in allen Straßen, vereinigen zu einer großen Flamme, um sie als Dankeszeichen zu Gott emporzuheben[1]).

Die zahllos versammelte Menge antwortete mit einem brausenden dreimaligen Hoch, das seinen Schall durch alle Straßen der Stadt trug. Noch lange hielt die freudige Begeisterung eine große Menge von Beschauern auf den Straßen, während die Bürger der Stadt aus allen Klassen in den Räumen des katholischen Bürgervereins ihre Freude ausschwingen ließen.

Heil der Stadt und Diöcese, die einen Mann von solcher Tugend und Geisteskraft zum Oberhirten sich erwählt und geschenkt sieht, die es aber auch zu würdigen versteht, einen solchen Oberhirten zu besitzen!"

Es folgten alsbald die beiden inhaltreichen Hirtenschreiben an den Clerus und an die Gläubigen der Diöcese. In letzterem gedenkt der Herr Bischof in liebevoller Erinnerung seiner beiden letzten Hochwürdigsten Herrn Vorgänger im bischöflichen Amte,

---

[1]) Aehnlich singt Max von Schenkendorf:
Schlagt, ihr Flammen,
All' zusammen,
Werdet Eine große Gluth!

Wilhelm Arnoldi und Leopold Pellbram, und geht dann über zur Schilderung des großen Umfanges und der eigenthümlichen Situation der Trier'schen Diöcese. Anknüpfend an die Visitations=Reisen, die er als Weihbischof unternommen, sagt er: „Aber gerade in diesen Arbeiten mußte es mir auf's Aeußerste klar werden, was es heißen will und wie es die Kraft eines Menschen übersteigt, eine so ausgedehnte und mannigfaltig gestaltete Diöcese, wie es die unsrige ist, zu regieren. Ich fühlte unmittelbar den bewältigenden Eindruck dieses weiten Raumes, über den sich die Hirtensorgfalt ausbreiten soll. Sie muß über Alle gleichmäßig walten. Sie muß von diesem bischöflichen Stuhle aus, wie von hoher Warte, den weit ausgespannten Gesichtskreis umfassen; sie muß mit ihrem Fluge die äußersten Grenzen erreichen und darf nicht früher ermatten und die Flügel senken. Hier das bunte Leben und Treiben, angeregt und vielseitig verknüpft durch das wogende Band eines Stromes oder durch die starren eisernen Bänder eines Schienenweges, auf denen das Dampfroß dahinbraust; hier die bewegten Kreise der Industrie, neue Ansiedlungen, eine schnellzuströmende, hochanwachsende und wechselnde Bevölkerung; dort der Ackerbau oder die Cultur der Weinrebe in stilleren und gleichmäßigeren Beschäftigungen, aber auf sehr verschiedenem Boden, gar häufig in schwerem Ringen mit einer kargen Erde befangen; dort ganz abgelegene, dem Verkehr sehr entzogene, einsame, manchmal beinahe weglose, schwer zugängliche Orte; die verschiedenen Theile der Diöcese durch geschichtliche Entwickelung, Herkommen und Sitte, Begabung und Character der Bewohner tief unterschieden; — vor all' solchen Unterschieden — wie schwierig ist es da dem Oberhirten, mit dem Blick auf das Einzelne und Kleine, und mit großem Ueberblicke über das Ganze nach Gottes und der Kirche Vorschrift „fleißig zu schauen" und richtig aufzufassen das Angesicht, das Aussehen seiner Heerde, die geistige Physiognomie einer solchen vielgestaltigen Diöcese; wie schwer ist es, ein solches Kirchenwesen geistig zu durchdringen!" Gegenüber einer so großen Aufgabe soll es hier nicht unbemerkt bleiben, daß der Hochwürdigste Herr alle Priester seiner weiten Diöcese nach Namen und Stellung seinem Gedächtnisse treu eingeprägt hat.

Im fernern Laufe des Hirtenbriefes werden die Momente hervorgehoben, welche das Herz des Bischofs bei Erfüllung seines hohen Berufes aufrichten und stärken. Dann folgen väterliche Mahnworte betreffend die Anhänglichkeit an die katholische Kirche, die brüderliche Eintracht, und den Gebrauch der rechten Geisteswaffen im Kampfe und Streite für die hl. Sache Gottes. Nach diesen Worten pro Deo kommen nun am Schlusse auch schöne und eindringliche Worte pro patria. **Gottes Wille ist meine Losung!** Das ist sein letztes Wort in diesem Hirtenbriefe; das sollte auch sein erstes werden auf dem Gange zum Kerker.

Die neue geistliche Laufbahn war also eröffnet, und das Ackerfeld der großen, weiten Diöcese wartete auf die ersten Schritte und Thaten des neuen Oberhirten. Der Hinblick auf einen Sprengel, der 731 Pfarreien, 688 Pfarrer, 128 Hilfsgeistliche, 42 Priester in anderen Stellungen, 941 Pfarrkirchen, 655 Kapellen und fast 2000 Elementarschulen umfaßt, enthielt für den Herrn Bischof die Mahnung, sich nach tüchtigen und erprobten Kräften umzusehen, die ihn bei Ausübung des schweren Hirtenamtes unterstützen sollten. Und so erwählte er dann am 20. Januar 1868, nachdem der bisherige General=Vicar Martini nach einer langjährigen, opferfreudigen Wirksamkeit seine Entlassung aus dem Amte nachgesucht und erhalten hatte, an dessen Stelle den frühern Pfarrer von U. L. F. zu Coblenz, Herrn Dr. de Lorenzi, dessen Rüstigkeit, Geschäftskunde und Promptität bisher wohlthätig auf die Verwaltung eingewirkt haben.

Zur Antheilnahme an den sonstigen bischöflichen Functionen stellte der Herr Bischof am 22. November 1868 den ihm seit langer Zeit wohlbekannten Domcapitularen Dr. Kraft als Weihbischof sich zur Seite. Diese Wahl wurde von der ganzen Diöcese mit der freudigsten Genugthuung aufgenommen, weil Alle in dieser hochgeschätzten Persönlichkeit einen Mann verehren, bei dem vortreffliche Geistesgaben, Vertrautsein auf allen Gebieten des theologischen Wissens, hinreißende Beredsamkeit, reiche Erfahrungen in der Seelsorge und die edelsten Eigenschaften des Herzens sich innig und glücklich vereinigen, um das Beste der Diöcese in gar vielseitiger Thätigkeit heben und fördern zu helfen.

Der zweite Hirtenbrief pro 1868 beantwortete in herrlicher Ausführung die Frage: „Was macht die Buße des Christen leicht?" Der Fastenhirtenbrief pro 1869 kündigte den Gläubigen die Absicht des Hochwürdigsten Herrn an, sich an dem ausgeschriebenen allgemeinen Concilium zu betheiligen und schildert in meister=

hafter Darstellung die historische Entwickelung und hohe Bedeutung der Kirchenversammlungen.

Alsbald folgte eine wichtige Bestimmung, wodurch die Zahl der Dechanten vergrößert und die Diöcese in mehrere engere Bezirke eingetheilt werden sollte. Andere Bestimmungen ordneten das Conferenzwesen und munterten namentlich den jüngern Clerus auf, sich an der Bearbeitung wissenschaftlicher Themate reger zu betheiligen. Da aber die größte wissenschaftliche Ausbildung nur darin ihr wahres Ziel und ihre herrliche Krone finden kann, daß sie der Auferbauung des Reiches Gottes auf Erden dient, so ging des Bischofs Sorge vor Allem dahin, durch jährlich wiederkehrende geistliche Exercitien die Gnade des hl. Berufes in seinem Clerus wieder kräftig und lebhaft anzufachen. Seiner Einladung zu diesen hl. Uebungen wurde stets von einer überraschend großen Zahl von Priestern entsprochen, so daß das Herz des geliebten Oberhirten von überströmender Freude erfüllt wurde und mit trostreicher Hoffnung in die fernere Zukunft der Trier'schen Kirche blicken konnte. Diese Hoffnung war gewiß berechtigt, denn alle Priester der weiten Diöcese stehen mit Mannesmuth, mit Gottvertrauen und Liebesgluth treu zu ihrem Bischof, zum hl. Vater und zur hl. Kirche und geben in endlosen, ehrfurchtsvollen Adressen die opferfreudige Erklärung ab, daß sie bereit sind, mit dem katholischen Volke lieber Alles zu erdulden, als ihrem hl. Berufe untreu zu werden. Diese Hoffnung — sie ist auch der milde und tröstende Abendstern, der zwischen dem schattenden Gewölke geblieben, als für unsern theuern Oberhirten die Sonne der Freiheit sich senken sollte. Auf den Firmungs- und Visitationsreisen war es dem neuen Oberhirten besonders darum zu thun, sich von dem Standpunkte der religiösen Ausbildung der Jugend zu überzeugen.

Wenn das Herz des Herrn Bischofs von den Leistungen seiner Priester und von dem Wissen der Firmlinge ebenso erfreut war, wie von dem herrlichen und herzlichen Empfange, der ihm an vielen Orten in wirklich großartiger, unvergeßlicher Weise zu Theil wurde, dann wird er jetzt in einsamer Kerkerzelle sich noch laben an dem Duft und an der Schönheit der „Rosen, die seine geliebten Schäflein in seinen Dornenkranz" gewunden.

Ehe der Hochwürdigste Herr seine Romreise antrat, hielt er noch zu Ostern 1869 eine Predigt über das hohe Gut des Friebens, von welcher ich zur Charakteristik des hohen Redners bloß den herrlichen Eingang hier mittheilen will.

„Als die Wasser der Sündfluth sich verlaufen, als die Erde wie neu verjüngt aus den Fluthen emportauchte und gewissermaßen ihre Auferstehung feierte aus dem großen, furchtbaren Wassergrabe — welches war damals, geliebte Festgenossen, das erste Zeichen ihres Lebens, womit die Erde sich erfreute? Was war an die Menschen ihr erster Gruß, was ihre erste Gabe? Ihre Gabe, Geliebte, war ein kleiner Strauß, es war ein frischer, grüner Oelzweig. Dieser Oelzweig sproßte und grünte an einem unbekannten Orte; ihn ließ Gott in einer Fügung durch die Taube gefunden werden, welche Noe hinausgesandt hatte aus der Arche. Mit dem abgebrochenen Oelstrauß im Schnabel kehrte die Taube zurück, und da, Geliebte, gilt der Spruch: „Ein kleiner Strauß — ein großes Fest." Ganz gewiß hat noch Niemand aus allen Gärten, welche auf Erden prangen, einen Blumen- oder Blüthenstrauß abgebrochen und gewunden, der eine solche Wirkung gehabt hätte, wie dieser Oelzweig, der, wie er, so viel Wonne und Jubel geweckt hätte aus dem Grunde des Herzens. Es sind ungefähr 300 Jahre, da wollte ein hoher und adeliger Bräutigam, ein Königssohn aus Frankreich, seiner erkorenen Braut, einer Infantin von Spanien, einen Blumenstrauß zum Gruße schicken und den Völkern ein Zeichen des Friedens. Um diesen Blumenstrauß zu binden und zu winden, verschmähte der Königssohn alle Blumen der Gärten mit ihrer Farbenpracht und wählte die Blumen aus, die unter der Erde funkeln und die man Edelsteine nennt. Die grünen Blätter an seinem Blumenstrauß waren lauter Smaragden, die Rosen waren lauter Rubinen; Diamanten waren darein gewunden und verstreut. Das war sein Blumenstrauß — aus Edelsteinen gewunden. Und doch, Geliebte, das ist nur ein Prunkstück und hat keinen Sinn. O wie ganz anders, wie mächtig wirkte jener arme demüthige Oelzweig in der Schönheit seiner Bedeutung! Denn nach langer Finsterniß, nach langem Schreckniß, nach langem Schalten und Walten des dreimalheiligen Gottes über der Erde, war dieser Oelzweig für die Arche der Bote der Beendigung dieser schrecklichen Zeit; er war das Sinnbild des neuen Friedens und der Versöhnung, er war zugleich Weissagung und Hindeutung auf einen schönern Frieden in der fernen Zeit.

Als unser Herr und Heiland, geliebte Christen, mit Strömen seines Blutes die Erde versöhnt und die Sünden der Welt abgewaschen hatte, als er dann am dritten Tage die Bande des Todes zerbrochen und siegreich aus dem Grabe hervorgegangen, da trug der siegende, triumphirende Heiland auch einen Oelzweig grünend und blühend in seinem Munde, und er trug ihn ebenfalls in eine verschlossene Arche, trug ihn in das demüthige und abgelegene Haus, in die arme Wohnung, wo seine Jünger hinter verschlossenen Thüren vor der Sturmfluth der Verfolgung sich gesichert hatten. Hier bot er ihnen — und der ganzen Kirche den Oelzweig an. Ihr fragt, was ich damit meine, was dieser Oelzweig sei. Dieser Oelzweig, Geliebte, ist der neue Gruß voll Anmuth, der auf den Lippen unseres auferstandenen Heilandes sproßte. Es ist der Gruß: „Der Friede sei mit euch". Mit diesem Gruße stand der Heiland am Abende des ersten Ostertages in Mitte seiner Jünger. Diesen Gruß wiederholte er acht Tage später und weihte damit die Oktave des Osterfestes. Diesen Gruß brachte der Heiland aus dem Lande der Unsterblichkeit auf die bewegte Erde; und mit diesem Gruße geht alltäglich das Evangelium und im Evangelium der hl. Geist, der Geist des Sohnes, die himmlische Taube um das ganze Erdenrund. Und auch heute, Geliebte, soll der hl. Geist diesen Oelzweig uns bringen in unsere Mitte, bringen in diese aufgeregte Gegenwart.

Der Friede sei mit euch! Das ist, Geliebte, ein kurzer Gruß, wie auch der Oelzweig für die Arche kurz und klein war; aber er hat einen gar tiefen Sinn. Der Friede sei mit euch! Das war sogar ein gewöhnlicher Gruß; so wie der Oelzweig überall wurzelt im Morgenlande und als Genosse sich gesellt zu jeder Wohnung, zur niedrigsten Hütte, so war auch der Gruß „der Friede sei mit euch" im Munde des israelitischen Volkes, und sie sprachen ihn überall aus, in der Wohnung und auf dem Felde, bei all' ihren Begegnungen. Aber im Munde unseres Herrn hat dieser Gruß eine ganz ungewöhnliche Bedeutung. Auf diesen Gruß läßt sich nicht das alte Sprichwort anwenden: „Ein jeder Gruß kommt mit lahmem Fuß". Nein unser Heiland will vollbringen, was er in den Worten sagt; dem kurzen Gruß sollen die Wirkungen nachfolgen bis in die Herzen hinein.

Der Heiland will nach seiner Auferstehung die Menschen in den Besitz des Friedens versetzen, den die Welt nicht geben kann, der hier auf Erden anfängt, im Himmel fortdauert und sich vollendet, der das höchste Gut der Seele und der Gipfel alles Glückes ist, und der nur gewonnen werden kann aus den durchbohrten und verklärten Händen unsers gekreuzigten Herrn und Heilandes Jesu Christi. Dieser Friede soll sich schützend und schirmend legen um den Geist und die Herzen aller Christen, wie der Apostel sagt: „Der Friede Gottes, der alle Begriffe übersteigt, umschirme euch Herz und Sinn." Dieser Friede soll immerdar in unsern Herzen frohlocken und uns fröhlich machen; er soll uns triumphiren lassen über alle Erdennoth. In diesem Frieden soll Gott in uns wohnen!

Das Alles aber, Geliebte, wird nur dann geschehen können, wenn wir den Frieden, den Christus uns anbietet, von ganzem Herzen lieben, ihn froh und freudig ergreifen und ihn herzinnig uns aneignen, wenn wir uns bemühen, von Tag zu Tag immer mehr und mehr in der heiligen und reinen Atmospäre dieses Friedens zu leben. Das werden wir aber nur dann thun, wenn wir diesen Frieden nach seinem Werthe kennen. Die Wurzel dieses Friedens, Geliebte, will ich euch heute unter Gottes Beistand zeigen. Zwar sagt der Apostel, der Friede Gottes übersteige alle Begriffe, und das könnte mich niederschlagen; und ihr werdet auch nicht erwarten, daß ich euch die ganze Größe dieses Friedens zeige. Aber auch von Dingen, die alle Begriffe übersteigen, kann man doch noch immer Einiges erfassen und Einiges begreifen. Sodann, Geliebte, tröstet es mich sehr, daß ich hier vor Kindern des Friedens spreche. Viele von Euch stehen jetzt gewiß im vollen Frieden unsers Herrn Jesu Christi, denn es ist Osterzeit. Viele Andere von euch stehen wenigstens im Anfange dieses Friedens. Und das ist mir gewiß: in dieser großen Versammlung ist auch keine einzige Seele, die nicht einmal in ihrem Leben die Süßigkeit und das Glück des Friedens Jesu Christi empfunden hätte, empfunden vielleicht in einer lang entschwundenen Zeit, in einer besseren Jugend, nach einer guten Beichte und würdigen Communion.

Keine Seele ist hier, die des Friedens Gottes nicht in etwa kundig wäre. Das ermuthigt mich, Geliebte, denn ich denke: Vor Kundigen ist gut reden rc."

In Betreff der Thätigkeit des Bischofs auf dem Concil haben öffentliche Blätter hervorgehoben, daß er mit gewohnter Meister=

schaft gesprochen über den Hermesianismus und über den kleinen, allgemein einzuführenden Katechismus. Auch brachte ein Pastoralblatt einen leider zu kurzen Bericht über eine Fasten=predigt, welche er in der Anima=Kirche gehalten. Diese Predigt handelte über den dreifachen Widerspruch, den Christus in Rück=sicht auf seine Lehre, seine Heiligkeit und seine Wunder erfahren mußte. Bei der Darstellung des Gedankens, daß auch jetzt noch Gottes Wort oft durch schwache und gebrechliche Werk=zeuge verkündigt werde, rief er damals seinem großen, ausgewählten Auditorium zu: „Was ist armseliger, als ein Dornbusch? Er wirft keinen Schatten, er gibt keine Früchte: er kann nur den Vorübergehenden ritzen und verwunden. Und doch spricht Gott durch ihn ebenso wahr und deutlich, wie durch die leuchten=den Himmelswolken und die Blitze des Sinai. Ein Rabe, nicht ein schneeweißes Täubchen, brachte dem Elias das Brod. War es vielleicht weniger schmackhaft? Jesus schrieb sein Wort in den Staub der Erde. Ist es darum vielleicht weniger wahr, als wenn es mit Sternenschrift am Himmel geschrieben ist?"

Von dem Concil zurückgekehrt, erfreute der vielgeliebte Ober=hirt seine Gläubigen durch den klaren, lichtvollen und überzeugen=den Hirtenbrief über die lehramtliche Unfehlbarkeit des Papstes und gab der Liebe und Anhänglichkeit, welche die Diöcese bisher schon an den römischen Stuhl an Tag gelegt, immer neue und kräftige Impulse. Die Früchte blieben nicht aus. In großen Beträgen flossen die Liebesgaben für den hl. Vater ununterbrochen fort bis zur gegenwärtigen Stunde. Sehen wir aber auch ab von ihrer Zahl, welches Gewicht bekommen diese Gaben durch die Freudigkeit und Begeisterung, womit sie gespendet werden! Herr=licher als Gold und Silber strahlte diese Begeisterung vor den Augen des Herrn Bischofs, als er am 18. Juni 1871, am goldenen Jubelfeste des hl. Vaters, die Domkanzel betrat, um aus der Fülle des Herzens zu der großen Versammlung zu reden. Von dem süßen Zauber des Heimwehs getrieben hatten die Gläubigen der Tochterkirchen von Stadt und Land unter den Fittigen der Mutterkirche, des Domes, sich gesammelt. Vereine, Bruderschaften, Geistliche und Laien, Hohe und Niedrige waren unter wehenden Fahnen dorthingezogen. Welch' wonniger, erhebender Anblick für den erstaunten Oberhirten — dieses Menschenmeer, von dem Welle um Welle flüsterte: Heil Pius Dir! Und darüber die bunten Fahnen mit den Bildern der Heiligen, die als Abgesandte aus der triumphirenden Kirche an der Feier Theil nahmen! Und dann nach dem brausenden Jubel, den die mächtige Orgel über die Menge ausgoß, und nach dem herrlichen Veni Creator der überraschende Vorspruch: Non moriar, sed vivam — ich werde nicht sterben, sondern leben.[1]) — Das ist der Tag, den der Herr gemacht! Wie herrlich schimmerte da die goldene Krone des Jubiläums im Laufe der Festrede! Wie innig und herzlich dankte der Oberhirte in bewegten Worten für alle die Zeichen der Liebe und Anhänglichkeit an den gemeinsamen Vater der Christenheit! Wenn sein König ihn mit dem rothen Adlerorden 2. Klasse schmückte, so fügte das gläubige Volk an diesem Tage einen andern kostbaren Schmuck hinzu. Diese liebeglühenden Herzen, die unter dem leidenden Haupte der Christenheit sich in den heiligsten Interessen immer näher gerückt sind, bilden sie nicht eine goldene Kette aus ebenso vielen Ringen, um Bischof und Papst mit unverbrüchlicher Treue zu umschlingen?

Wie gerne möchte man, berauscht von der Wonne solcher Feste, ausrufen: Sonne stehe still, bis wir ausgeschöpft und bis wir uns vollends erlabt haben aus diesen Paradiesesquellen! Doch die Sonne auch des schönsten Tages sinkt, und es brechen herein die Schatten der Nacht. Es kommen die

Leidensstunden.

In Folge der neueren Gesetze, die nach dem Mai klingen aber keinen Mai bringen[2]), wurde der Hochwürdigste Herr für etwa 60—70 Anstellungen von Geistlichen strafbar. Es folgte die Schließung des Seminars, die Pfändung der Möbel und Sperrung der Temporalien. Die zur Zwangsversteigerung auf dem Viehmarkte aufgeführten Möbel des Hochw. Bischofs, welche zu 140 Thlrn. abtaxirt waren, ergaben nur einen Erlös von 47 Thlrn. 3 Sgr. und zwar aus dem Grunde, weil die Ansteigernden, ein Geistlicher und zwei

---

[1]) Pf. 117, 17.

[2]) In anderem Sinne bringen sie auch den Mai, wie der bekannte Spruch sagt:

Daß sich Alles wiederfindet,
Daß des Winters starres Netz
Milder Frühling überwindet —
Das ist auch ein Maigesetz.

Laien, gar nicht oder doch nur zum Scheine überboten wurden und also gar keine Concurrenz hatten. Versteigert wurden: 1 Sopha, 2 Schränke, 2 Tische, 2 Uhren, mehrere Blumenvasen, ein halb Dutzend Rohrstühle, mehrere Gartenstühle, 3 Fässer und viele Bilder. Das Sopha kam auf 2 Thlr. 20 Sgr., eine Parthie schöner Bilder 10 Sgr., die Rohrstühle 1 Thlr. 16 Sgr. Das dem Hochw. Herrn von dem hiesigen Gesellen=Verein geschenkte Bild „die hl. Familie" kam auf 1 Thlr. 5 Sgr. Das Bild Sr. Majestät des Kaisers wurde von einem Eisenbahnbeamten zu dem Preise von 4 Thlrn. angesteigert. Trotz der starken Volks= versammlung, welche aus den verschiedensten Classen zusammen= gesetzt war, überbot doch Niemand die obengenannten Ansteigerer. Die ganze Auction verlief sehr ruhig, nur ein Bauer, der bei Ausstellung des Bildes Sr. Majestät des Kaisers eine unpassende Bemerkung gethan, wurde polizeilich abgeführt. Ebenso wurde ein Dienstmädchen verhaftet, als die Möbel aus dem bischöflichen Palais wegtransportirt wurden. Dasselbe soll zu laut gedacht haben. Es verdient lobend erwähnt zu werden, daß im Auftrage des Herrn Ober=Rabbiners sich die Israeliten bei der Auction nicht betheiligten.

Ueber den feierlichen Abschied, den die hochw. Domgeistlichkeit bei unserm Hochwürdigsten Herrn Bischofe unmittelbar vor dessen Ver= haftung machte, ging der Redaction der Mosel-Zeitung Folgendes zu:

„In der Sacristei des Domes hatte sich am 6. März nach beendigter Dompredigt die gesammte Domgeistlichkeit mit Aus= nahme des Herrn Dompropstes Dr. Holzer und des Herrn Dom= capitulars v. Wilmowsky, der wegen andauernder Krankheit bereits seit 5 Jahren außer Stande ist, sein Haus zu verlassen, ein= gefunden, um in letzter Stunde noch Abschied von dem Hoch= würdigsten Herrn zu nehmen. In dem kirchlichen Ornate begaben sich dieselben nunmehr durch den Kreuzgang des Domes in das bischöfliche Palais, woselbst Herr Domdechant Schu in tief er= greifender Weise im Namen der Domgeistlichkeit einige herzliche Worte des Abschiedes an den Hochwürdigsten Herrn Bischof richtete. Ehe, so ungefähr sprach Herr Domdechant Schu, ehe nach Gottes unerforschlichen und anbetungswürdigen Rathschlüssen dasjenige eintritt, was wir bisher immer noch für unmöglich gehalten, erscheinen wir Alle noch einmal vor Ew. Bischöflichen Gnaden, dasjenige zu wiederholen, was wir Ihnen bei Ihrer feierlichen Inthronisation als Bischof der Trier'schen Kirche vor 6 Jahren gelobt haben. Alle, die wir hier vor Ihnen stehen, legen Ihnen, als unserm rechtmäßigen, von Gott und dem hl. Geiste gegebenen Bischofe, das feierliche Versprechen steter und unwandelbarer Treue ab. Und wenn auch Ew. Gnaden bald nicht mehr in unserer Mitte weilen und in den Kerker geführt werden, dann soll gleichwohl diese Treue und diese Hingebung an Sie, den rechtmäßigen Oberhirten unserer Diöcese, in keiner Weise gestört und unterbrochen werden. Sie nehmen unsere innigste Theilnahme an allen Schmerzen und Leiden Ihres vielgeprüften Hirtenherzens mit hinein in Ihren Kerker und in die Gefangenschaft, die nunmehr wegen der Hirtentreue und wegen der Sache Gottes Ew. Gnaden bevorsteht. Möge der Herr, der Allerhöchste, dem alle Gewalt im Himmel und auf Erden gegeben ist, auf die Fürbitte des hl. Paulinus, Ihres Vorgängers im bischöflichen Amte, und dessen Loos und Schicksal Sie in gewissem Sinne jetzt theilen werden, möge er die Zeit Ihrer Prüfungen und Ihrer und unserer Trier'schen Kirche Leiden abkürzen, Sie in ungebeugter körperlicher Kraft und der Vertrauensfülle erhalten und Sie, den guten Hirten, bald wieder in die Mitte seiner Heerde zurückführen. — Das verleihe Ihnen, uns Allen und der ganzen Diöcese der unsichtbare, oberste Hirte unserer hl. Kirche, das soll täglich der Inhalt unsers Gebetes und Flehens zum Himmel sein." —

Tief ergriffen, aber mit fester, entschlossener Stimme begann darauf der Hochwürdigste Herr Bischof seine Erwiederungsrede; aus jedem Worte, das er gesprochen, klang der apostolische Muth und die Ueberzeugungstreue in einer Sache hervor, die einem ganz anderen, als dem menschlichen Gebiete angehört. Zu besonderer Freude und zu trostreicher Genugthuung gereicht es mir, so begann der Hochwürdigste Herr, Sie, meine Herren, die ich beständig in meiner unmittelbaren Nähe gehabt, zu dieser Abendstunde noch bei mir zu sehen, und ich weiß wirklich nicht, wie ich nach so vielen rührenden und meinem Herzen unvergeßlichen Beweisen und Kundgebungen Ihrer Treue und Anhänglichkeit meinem Amte und meiner Person gegenüber, Ihnen dafür den gebührenden und wohlverdienten Dank abstatten soll. Es geht an mir in kurzer Zeit in Erfüllung, was der göttliche Heiland dem hl. Petrus gesagt hat: Alius cinget te et ducet, quo tu non vis. (Ein Anderer wird Dich gürten und führen, wohin Du nicht willst.)

Wohin Du nicht willst; ja es ist begreiflich, meine Herren, daß der menschliche Wille sich entgegenstellt, wenn man auf dem Punkte steht, seine Freiheit, seine theure Heerde und eine lieb= werthe Umgebung zu verlassen und dafür den Kerker und die Gefangenschaft mit ihren Entbehrungen wählen zu müssen. In= dessen, wenn es sich um eine so erhabene Sache handelt, wenn es die Sache Jesu Christi und seiner hl. Kirche ist, um welche es sich handelt, und wie es mir so klar vor dem Auge steht, daß sie und nur sie allein es ist, um welche es sich hier dreht, dann, ja dann muß der menschliche Wille in den Hintergrund treten, und darum folge ich gerne und freudig den entscheidungsvollen und schmerzlichen Stunden, wie sie bald für mich, meine Person und meine Freiheit schlagen werden. Um so zuversichtlicher darf ich dies sagen, als ich mir nicht bewußt bin, jemals ein solches Loos für mich und für Alle provozirt zu haben. Sie, meine Herren, kennen die Verwaltung, wie ich sie bisher geführt habe; mehr oder weniger standen Sie Alle dieser Verwalt= ung nahe: — aber deßhalb werden Sie es auch mit mir be= zeugen, wie ich stets bemüht gewesen, den Frieden und das gute Einvernehmen zwischen der Staatsbehörde und meiner Diöcesanverwaltung zu erhalten, und nie und nimmer einen Schritt gethan, ein Wort ge= sprochen oder geschrieben, woraus man hätte ent= nehmen können, daß ich den Frieden zwischen Kirche und Staat nicht respectire, oder ihn gar nicht wolle. Wenn es sich aber um Principien handelt, die nicht von Menschen gegeben und festgestellt worden, sondern in der von Gott geord= neten Verfassung der Kirche beruhen und das Wesen der Kirche tief erschüttern und der Kirche ihren göttlichen Charakter nehmen würden — wenn man ihn opfern wollte — dann kann und darf ich dies als Bischof nicht, wenn ich nicht ein Ver= räther an meinem Amte, an meiner Heerde und an der Kirche Gottes werden wollte. Und darum wähle ich gerne den Kerker und gehe mit Zuversicht in das Gefängniß. Ich weiß es, daß Gottes Gnade mich trösten und stärken wird, denn die Erweise seiner Gnade sind um so mächtiger, je schwerer die Trübsale sind. Wir aber, meine Herren, wir wollen eingedenk sein, was ein großer Mann des Mittelalters aus der Gefangenschaft an seine Angehörigen geschrieben: In der gebenedeiten Seiten=

wunde unsers Heilandes wollen wir uns täglich suchen. Die hl. Fastenzeit, in der wir gerade jetzt stehen, führt uns so oft hin zu den hl. Wunden unsers Heilandes. Kommen wir in dieser schweren Leidenszeit dieser Einladung doppelt eifrig nach und suchen wir uns Alle täglich in dem hl. Herzen Jesu, welches aus Liebe zu uns durchbohrt worden. Ich empfehle mich täglich in Ihr frommes Gebet, in Ihr hl. Opfer, wie ich es auch nie unterlassen werde, ein Gleiches für Sie zu thun. Noch einen Wunsch und eine Bitte habe ich, die ich Ihnen nicht vorenthalten kann: **Möge der Himmel sich begnügen mit dem Opfer meiner Person und meiner Freiheit und Sie Alle, wie ich Sie hier vor mir sehe, verschonen und von jeder Trübsal und jedem Leiden frei erhalten.** In allem Uebrigen: Adjutorium nostrum in nomine Domini, qui fecit coelum et terram. — Herr, Dein Wille, den ich allezeit preise, geschehe." — So sprach der Hochwürdigste Herr, ging dann mit Thränen in dem Auge zu jedem Einzelnen und reichte ihm die Hand zum Abschiede. Fünf Minuten darnach war der Hochwürdigste Herr Bischof ein Gefangener."

Da die Gefangennehmung des Herrn Bischofs von einigen Blättern nicht ganz richtig dargestellt worden war, so sah sich der Geheimsekretär desselben veranlaßt, sich über den wahren Thatbestand öffentlich näher auszusprechen, und sandte den Zeitungen folgenden Artikel zu:

Ich habe dem traurigen Acte vom Anfange bis zum Schlusse beigewohnt und bin deßhalb vollständig in der Lage, einen durchaus wahrheitsgetreuen Bericht zu geben. Der Bericht des Herrn Landraths ist unvollständig in mannigfacher Beziehung. Da die verehrliche Redaction den Bericht des Herrn Landraths aufgenommen hat, so darf ich wohl erwarten, daß sie auch den meinigen nicht zurückweisen wird.

„Freitag den 6. März etwa 10 Minuten vor 6 Uhr Abends ließ sich Herr Landrath Spangenberg bei Sr. Bischöflichen Gnaden melden und wurde von Hochdemselben sofort empfangen. Einige Minuten nach seinem Eintritte in das Zimmer des Hochwürdigsten Herrn Bischofs gab Hochderselbe durch die Schelle ein Zeichen, daß er mich zu sprechen wünsche. Ich eilte sofort, nichts Gutes ahnend, da ich Herrn Landrath hatte eintreten sehen, zu Sr. Bischöflichen Gnaden. Im Empfangzimmer stand Herr Land=

rath, während Se. Bischöflichen Gnaden sich in seinem Arbeits=
zimmer befanden. Bei meinem Eintritte sagten Hochdieselben zu
mir: Herr Landrath ist soeben gekommen, mich zu verhaften. Ich
erwiederte, dazu muß er denn doch einen Verhaftsbefehl vor=
zeigen, worauf Se. Bischöflichen Gnaden entgegneten, das hat er
soeben gethan. Gehen Sie und machen Sie sich fertig, mich zu
begleiten. Da ich etwas erregt wurde, sagten Hochdieselben zu
mir: bleiben Sie ruhig, Gott will es und was Gott will, kann
und soll man ertragen. Ich ging auf mein Zimmer, theilte die
Trauernachricht den Angehörigen des Herrn Bischofs mit und
kehrte zu Sr. Bischöflichen Gnaden zurück. Da Herr Landrath
gleichzeitig ein Schreiben von hiesiger Königl. Regierung, an mich
gerichtet, mitgebracht hatte, so erbrach ich dasselbe und las es
Sr. Bischöflichen Gnaden vor. Dasselbe betraf die Behandlung
des Herrn Bischofs während der Dauer seiner Gefangenschaft.
Inzwischen waren die beiden Brüder des Herrn Bischofs, Herr
Regens und Herr Gymnasiallehrer Eberhard, Herr Generalvicar
Dr. de Lorenzi, Herr Pfarrer Classen zu U. L. Frauen, der
Oekonom des Priesterseminars, Herr Mies, zu Sr. Bischöflichen
Gnaden eingetreten. Nachdem ich das Schreiben der Königl.
Regierung vorgelesen, traten Se. Bischöflichen Gnaden, umgeben
von den vorhingenannten Herren, in das Zimmer, wo Herr Land=
rath wartete. Hochdieselben gingen raschen Schrittes auf Herrn
Landrath zu, und, vor demselben stehend, redeten Hochdieselben
ihn mit kräftig fester Stimme an: Herr Landrath, ich habe bereits
gegen die Gewalt, welche man mir und meinem Amte anthut,
protestirt, ich erneuere diesen Protest hiermit feierlichst. Ich habe
mein Amt von Gott. Das gegen mich gerichtete Verfahren ist
ungerechtfertigt und darum weiche ich nur der Gewalt. Bei diesen
Worten, ohne eine Entgegnung abzuwarten oder zu erhalten,
zogen Hochdieselben einen in der Nähe stehenden Rohrstuhl heran
und ließen sich auf demselben nieder. Herr Landrath fing an zu
bitten, Se. Bischöflichen Gnaden möchten aufstehen und folgen.
Der Herr Bischof erwiederte, legen Sie Hand an mich, brauchen
Sie Gewalt. Herr Landrath erwiederte, die Gewalt liege in der
ihm angekündigten Urtheils=Vollstreckung. Der Herr Bischof blieb
bei seiner Weigerung, worauf Herr Landrath erwiederte: also
wollen Sie nicht mitgehen? Se. Bischöflichen Gnaden entgegneten:
Freiwillig nicht, legen Sie Hand an mich. Hierauf sagte

Herr Landrath: Hochwürdigster Herr, geben Sie mir Ihre Hand, und streckte gleichzeitig seine Hand nach der des Herrn Bischofs aus. Dieser legte dieselbe in die Hand des Herrn Landraths, welcher sie festhielt, bis Herr Bischof sich erhoben hatte. Als der Herr Bischof aufgestanden war, sagten Hochdieselben wörtlich: Herr Landrath, ich bedauere Sie, daß Sie Hand gelegt haben an einen Bischof. Einen weiteren Protest legten Se. Bischöflichen Gnaden nicht ein, wie Herr Landrath in seinem Bericht behauptet. Wir gingen nunmehr die Treppe hinunter. Im Hausgange standen die Angehörigen des Herrn Bischofs, um Abschied zu nehmen. Zu diesen sagten Hochdieselben: Nur ruhig und nach Oben geschaut, Gott wird helfen; seid froh, daß es so gekommen ist. Am Einfahrtsthor schlug Herr Landrath vor, den Weg durch den Garten zu nehmen, wo allerdings das Volk in weit geringerem Grade Zeuge von der Abführung seines Bischofs hätte sein können, allein der Herr Bischof erwiederte: Ich gehe über die Straße, ich habe die Straße nicht zu fürchten. Auch hiervon thut der Bericht des Herrn Landraths keine Erwähnung. Ebenso wurde das Anerbieten des Herrn Landraths, einen Wagen zu benutzen, abgelehnt. Auf der Straße angekommen, entstand eine Scene, die nur derjenige vollständig begreift, der sie mit angesehen hatte. Herr Landrath sagt, es habe sich eine große Menschenmenge versammelt, welche ihrer Theilnahme für den Herrn Bischof Ausdruck gegeben. Diese Darstellung ist zu dürftig. Der Ausdruck, mit welchem die Volksmenge ihre Theilnahme kundgab, überstieg Alles, was wir und wohl auch der Herr Landrath von öffentlichen Kundgebungen der Liebe und des Schmerzes je erlebt haben. Laut auf ertönte das Weinen und Jammern der vielen Hunderte von Menschen, sobald der Herr Bischof mit seiner Begleitung sich ihnen nahte. Vor dem Convicte und der Strafanstalt war der Auftritt wahrhaft herzerschütternd. Die Leute warfen sich auf den Boden, rauften sich in den Haaren, und man hörte ein die Seele durchschneidendes Wehklagen. Der Herr Bischof schritt durch die Schaaren, die Leute segnend und tröstend. „Seid ruhig", so sprachen Hochdieselben, „es wird auch einmal wieder besser". So kamen wir zum Gefängnisse. Hier drängte sich die Masse unter Schluchzen an Se. Bischöflichen Gnaden heran, um Hochdemselben noch einmal die Hand zu küssen und von ihm Abschied zu nehmen. In der Thüre stehend, segnete der Herr Bischof noch einmal sein treues Volk. Die Thüre wurde zugeschlagen, und der Herr Bischof war im Gefängnisse.

Das war der Verlauf der Verhaftung Sr. Bischöflichen Gnaden, deren Richtigkeit Jeder bestätigen wird, der derselben beigewohnt hat.

Trier, den 11. März 1874.
Dr. Ditscheid, Bischöfl. Geheimsecretär.

Im Innern der Gefängnißanstalt angelangt, wurde der Bischof in den ältern Theil des Baues links der Kapelle hingeführt, woselbst zwei Räumlichkeiten für ihn hergerichtet waren, jedoch so sehr in allerletzter Zeit, daß man nur die unangenehmsten Eindrücke davon empfangen konnte. Jedes Stübchen hat ein Fenster; ein Tisch, zwei Stühle, ein alter Ofen und eine Wasserflasche stehen zur Verfügung des hohen Gefangenen. Das Bett darf der Bischof sich selbst stellen; ebenso darf er jeden Morgen 7 Uhr die hl. Messe lesen und bis 10 Uhr Abends Licht brennen. Die Bitte, seinen Kaplan in seiner Nähe zu haben, ist von der Regierung nicht bewilligt worden. Dreimal wöchentlich darf der Herr Bischof auf eine Viertelstunde Besuch empfangen. Auch das Lesen der Zeitungen und Spaziergänge in dem schönen Garten der Strafanstalt sind ihm gestattet. Wie gefangene Geistliche ihm bei der hl. Messe assistiren und ministriren, so begleiten sie ihn auch auf diesen Erholungsgängen.

Der Bischof verabschiedete sich sodann in der herzlichsten und freundlichsten Weise von seinen Begleitern, die ihm bis hierher hatten folgen dürfen. Die Gefangenschaft hatte begonnen — auf zwei lange Jahre, wenn der Spruch der Staatsgewalt zur Wahrheit wird.

Ein eigenthümliches Zusammentreffen ist nicht unbemerkt geblieben. Bischof Matthias gehört dem dritten Orden des hl. Dominikus an und führt darin den Namen eines der größten Theologen der Kirche, des hl. Thomas von Aquin. Gerade heute feiert die Kirche das sechshundertjährige Gedächtniß dieses Heiligen (gest. 7. März 1274), so daß also der Bischof während der Feier seines selbstgewählten Namensfestes verhaftet wurde. Die Merkwürdigkeit der Zeit sollte der Ort noch erhöhen; es ist der alte Dominikanerbau, in welchem der Bischof seine Gefängnißhaft abbüßen soll. Diejenigen, welche die Gefangenschaft des Bischofs herbeigeführt, haben sicherlich nicht daran gedacht; wir nehmen es gern als gutes Zeichen, daß bei jeder Gesinnung der Menschen Gottes besondere Fürsorge über dem hohen Dulder waltet. — Der heutige Tag hat das heilige Band, das die Trier'schen Diöcesanen mit ihrem geliebten Oberhirten vereint, besiegelt und befestigt, und jeder kommende Tag wird ihm neue Weihe und Stärke geben durch die Thränen und Gebete von Hunderttausend treuer Herzen. „Weder Tod noch Leben, weder Engel noch Fürstenthümer noch Gewalten, weder Gegenwärtiges noch Zukünftiges . . . wird vermögen uns zu scheiden von der Liebe Gottes" (Röm. 8, 38.) und von dem geliebten Hirten, den Gott uns gesetzt hat. Unser inbrünstiges Gebet wird die Kerkermauern übersteigen und dem gefangenen Hirten tagtäglich unsere tröstenden Grüße bringen; es wird durch die Wolken zum Throne des Herrn Himmels und der Erde bringen, und den fröhlichen Tag der Heimkehr des Vaters zu seinen Kindern beschleunigen!"

Die Priester und Gläubigen der Diöcese wurden durch folgendes Ausschreiben über die Gefangenschaft ihres allverehrten Oberhirten amtlich in Kenntniß gesetzt.

Erlaß des Bischöflichen General-Vicariats zu Trier.

Der Hochwürdigen Geistlichkeit und den Gläubigen der Diöcese bringen wir mit den Gefühlen des tiefsten Schmerzes die Trauerkunde, daß **unser Hochwürdigster Herr Bischof heute Abend verhaftet und in's Gefängniß abgeführt worden ist.**

Kaum haben wir das ergreifende Abschiedswort vernommen, in welchem der gesammte Episcopat in der Voraussicht, daß er vielleicht bald nicht mehr frei zu uns werde reden können, nochmals feierlich Zeugniß ablegt von seiner unverbrüchlichen Treue gegen Gott, König und Vaterland, da trifft schon unser Bisthum das herbe Loos, der weisen und kräftigen Leitung seines vielgeliebten Oberhauptes verlustig zu werden.

Am Feste des hl. Apostels Matthias, des Schutzpatrons der Diöcese, hat er noch in der diesem hl. Apostel geweihten Kirche, der Ruhestätte unserer ersten Trierischen Bischöfe, ein feierliches Pontificalamt gehalten. In dichten Schaaren hatte das gläubige Volk in Vorahnung der schweren Heimsuchung, welche die Diöcese treffen würde, am Grabe des Apostels zur hl. Opferfeier sich eingefunden; und heute sah es ihn schon in die Gefangenschaft wandern und begleitete ihn unter lautem Wehklagen bis zur Pforte des Kerkers.

Das letzte Wort, welches der Hochwürdigste Herr wenige Augenblicke vor seiner Gefangennehmung an die um ihn versammelte Domgeistlichkeit richtete, war dieses — wir wollen es als ein Denkmal seiner hochherzigen Liebe treu bewahren —: „Möge", sprach er, „das Opfer, welches der Oberhirte mit seiner Freiheit und seiner Person für die heilige Sache bringt, Gott dem Herrn genügen; mögen Sie und alle Hirten und Gläubigen verschont bleiben."

In dieser furchtbaren Prüfung beugen wir uns unter die gewaltige Hand Gottes, der sie über uns verhängt hat, und beten seine unerforschlichen Rathschlüsse an. Wir setzen aber zugleich auf die unendliche Güte und Barmherzigkeit des Herrn unser ganzes Vertrauen; denn der Glaube lehrt uns, daß Er nicht bloß verwundet, sondern auch wieder heilt, und daß denen, die Gott lieben, alle Dinge zum Besten gereichen. Das Band, welches uns mit unserm geliebten Oberhirten vereinigt, ist durch seine Gefangenschaft nicht gelöst; es besteht nicht nur in seiner vollen Innigkeit fort, sondern es wird um so enger und fester geknüpft, je herzlichern Antheil wir an seinen Leiden nehmen. Wie der hl. Paulus einst aus seiner Gefangenschaft zu Rom die rührendsten Ermahnungen an die fernen Christengemeinden richtete, so ruft auch er uns mit väterlich besorgtem Herzen von seinem Kerker aus zu: „Ich bitte euch, ich ein Gefangener im Herrn: wandelt würdig des Berufes, wozu ihr berufen seid, mit aller Demuth und Sanftmuth, mit Geduld, einander in Liebe ertragend, und seid beflissen, die Einigkeit des Geistes zu erhalten durch das Band des Friedens" (Ephes. 4. 1—4). „Und stehet fest im Herrn, meine vielgeliebten Brüder, meine Freude, meine Krone" (Phil. 4, 1.), fest und unerschütterlich in dem Bekenntnisse des Glaubens.

Ja, wir wollen der Bande unseres Bischofs und Vaters eingedenk bleiben (Col. 4, 18), und wie einst, als Petrus im Gefängnisse verwahrt wurde, die Kirche ohne Unterlaß für ihn zu Gott betete (Apost. 15, 5), so wollen wir unsere Hände und Herzen zum Himmel erheben, auf daß der Allbarmherzige gnädig über uns walte, unsern namenlosen Kummer stille, unsere Sünden vergebe, den theuern Hirten aber in seiner Trübsal aufrichte, tröste und stärke und ihn bald wieder in die Mitte seiner Heerde zurückführen möge.

Wir verordnen demnach, daß bis auf Weiteres täglich nach der Pfarrmesse und an Sonn- und Feiertagen im Hochamte nach der Predigt für den theuern Oberhirten ein Vater Unser und Gegrüßest seist du Maria mit dem Zusatze gebetet werde: ℣ Gib Frieden, o Herr, in unsern Tagen. ℟ Denn es ist ja kein Anderer, der für uns streite, als Du, unser Gott. — O Gott, der Du durch die Sünde beleidigt und durch die Buße versöhnt wirst; sieh' gnädig auf das Gebet Deines demüthigen Volkes und wende von uns ab die Geißel Deines Zornes, welche wir für unsere Sünden verdienen. Durch Christum, unsern Herrn. Amen.

Außerdem soll jedesmal am Schlusse der bereits angeordneten wöchentlichen Betstunden einer der vier Abschnitte aus der Andacht „In allgemeiner Noth" (Gesangbuch S. 216) gebetet werden. Endlich sollen die Priester in der hl. Messe, so oft es die Rubriken gestatten, nach der Oratio imperata pro Papa die Collecte pro constituto in carcere vel in captivitate einlegen.

Dem ausdrücklichen Willen unseres Hochwürdigsten Bischofs gemäß soll während der Dauer seiner Gefangenschaft keine Kirchenmauer eintreten, damit die Gläubigen nicht des Trostes, welchen sie aus den gottesdienstlichen Begehungen schöpfen, beraubt werden.

Die Verwaltung der Diöcese führen wir im Namen und Auftrage Seiner Bischöflichen Gnaden in der herkömmlichen Weise fort; nur sind die Schreiben, welche bisher unmittelbar an den

Hochwürdigsten Herrn Bischof eingereicht zu werden pflegten, nunmehr an uns zu richten.

Vorstehendes ist den Gläubigen am ersten Sonntage nach Empfang von der Kanzel zu verlesen.

Trier, am Vorabende des Festes des hl. Thomas v. Aquin 1874.

Das Bischöfliche General=Vicariat,

de Lorenzi.

Auf den Bericht, den der Herr General=Vicar alsbald über das traurige Ereigniß an den hl. Vater abgesandt, erfolgte nachstehender Trostbrief:

Papst Pius IX.

Geliebter Sohn, Gruß und Apostolischen Segen.

Mit welchen Gefühlen Wir, geliebter Sohn, Dein Schreiben vom 6. d. M. gelesen haben, in welchem Du über die dem Bischofe von Trier .... angethane Gewalt an Uns berichtest, kannst Du selbst leichter ermessen, als Wir es in Worten auszudrücken vermögen. Heftiger und tiefer Schmerz mußte Uns ja ergreifen, als Wir die ...... Strafe erfuhren, welche über Euren vortrefflichen Bischof wegen seiner herrlichen Standhaftigkeit in Vertheidigung der kirchlichen Freiheit verhängt worden ist; als Wir ferner aus Deinem Schreiben erfuhren, daß eine gleiche Strafe auch eine Anzahl anderer geliebter Söhne, Priester dieser Diöcese, getroffen habe, welche sich der Kirche und ihrem Amte unwandelbar treu erwiesen haben. In dieser Bitterkeit Unseres Herzens müssen wir aber dem allmächtigen und gütigen Gott besonderen Dank dafür sagen, daß er die ..... Verfolgungen zu Eurer Erhöhung dienen läßt; denn sie vermochten ja nicht den Glauben und die Standhaftigkeit des vortrefflichen Hirten und der Diener des Heiligthums zu erschüttern; sie tragen vielmehr durch das Beispiel ihrer unbesiegten Standhaftigkeit zum Ruhme und zur Erbauung der Kirche außerordentlich bei. Denn fürwahr, glänzend und festbegründet erscheint die Tugend, welche durch eine unerschütterliche Geduld bei schweren Trübsalen und selbst durch die Freude über die Theilnahme an den Leiden Christi augenscheinlich bewährt wird. Uebrigens erheben Wir, geliebter Sohn, unsere Augen zu Gott und setzen auf ihn das feste Vertrauen, daß dies herrliche Beispiel Eures Hirten und seine des hohen bischöflichen Amtes würdige Tugend Alle aus der dortigen Geistlichkeit und dem gläubigen Volke in ihrer rühmlichen Treue gegen die Kirche, gegen die Religion und gegen den Apostolischen Stuhl immer mehr befestige. Mögen sie als Streiter unter der Fahne des Kreuzes Christi, welches die Welt überwunden hat, eifrigst dahin trachten, „daß die Prüfung ihres Glaubens viel herrlicher erfunden werde, als im Feuer erprobtes Gold, zu ihrem Lobe und Ruhme und Preise bei der Erscheinung Jesu Christi." Wir aber werden nicht ablassen, in der Demuth unseres Herzens zu dem allgütigen Gott in be=

ständigen und inbrünstigen Gebeten zu flehen, ...
daß er Euren Hirten mit seinem Schutze umgebe, daß er Dich in der Verwaltung Deines Amtes stärke und die ganze dortige Heerde, die Uns wegen ihrer kindlichen Ergebenheit überaus theuer ist, mit Erbarmung heimsuche und tröste. Endlich tragen Wir Dir auf, daß Du Unsere besondere Liebe und Zuneigung Unserem Ehrwürdigen Bruder, dem Bischofe von Trier, welchen Wir mit heiligem Kusse in innigster Liebe umarmen, kund gebest. Zugleich ertheilen Wir von ganzem Herzen Ihm und Dir und der gesammten Geistlichkeit, wie dem gläubigen Volke der Diöcese Trier, als Pfand aller himmlischen Gnaden von ganzem Herzen den Apostolischen Segen.

Gegeben zu Rom bei St. Peter am 21. März 1874, dem 28. Jahre Unseres Pontificates.

Pius IX., Papst.

An
Unseren geliebten Sohn
Philipp de Lorenzi
Generalvicar des Bischofs von Trier
zu Trier.

Dieser trostreichen Stimme aus dem Munde des obersten Hirten der Kirche war ein anderes aufmunterndes Wort vorausgeeilt. Es ist niedergelegt in der Ergebenheitsadresse, welche 31 Diaconen vor Empfang der Priesterweihe am 26. August 1873 dem Hochwürdigsten Herrn Bischofe überreichten. Hier ist der Wortlaut:

„Der bedeutungsvolle Tag ist nahe, wo Ew. Bischöflichen Gnaden uns gehorsamst unterzeichneten Diaconen die hl. Priesterweihe zu ertheilen gedenken, ein Tag, an dem unsern schwachen Schultern schwere Pflichten auferlegt werden, deren Erfüllung um so mehr Muth und Gottvertrauen erheischt, als sie in einer Zeit gefordert wird, wo Christi Heerde und die bestellten Hirten von Gefahren aller Art umringt sind. Der bereits der Kirche heilige Rechte muthig vertheidigende Clerus und das in Einheit mit seinen Seelsorgern ausharrende gläubige Volk haben nicht verfehlt, Ew. Bischöfl. Gnaden die sie beseelenden Gesinnungen in begeisterten Worten, in zahlreichen Adressen und auch auf andere Weise kund zu thun, hoffend, die Betheuerung ihrer Liebe und Anhänglichkeit werde dem für sie streitenden Oberhirten einigen Trost in so bedrängter Lage gewähren. Sollen wir nun, die wir gar bald mit Uebernahme der Hilfsseelsorge in die Reihen der Kämpfenden eintreten sollen, uns begnügen mit dem Gelöbnisse des Gehorsams und der Treue, das der Priester auch in friedlicher Zeit seinem Bischofe ablegt? Nein, wenn außerordentliche Pflichten bestehen, muß auch der Wille Außerordentliches zu leisten im Stande sein. In einer Zeit, wo Ew. Bischöflichen Gnaden von den Priestern mehr als sonst fordern müssen, müssen Hochdieselben auch die Ueberzeugnng haben, daß diese auch mehr als sonst zu opfern bereit sind und alle ihre persönlichen Interessen dem Wohl des Ganzen unterordnen. So bitten wir denn heute Ew. Bischöfl. Gnaden, mit vollem Vertrauen die Versicherung entgegenzunehmen, daß wir, tief von diesem Gedanken durchdrungen, nie ermangeln werden, durch die That uns als würdige Priester des Herrn zu beweisen. Eingedenk des zwar viel geschmähten, aber apostolischen Satzes: „Man muß Gott mehr gehorchen als den Menschen", den der gesammte Episcopat Deutschlands als Losungswort besonders für den gegenwärtigen Kampf bezeichnet hat, werden wir als treue Diener der Kirche zur Richtschnur unseres Handelns nur und ganz allein die Weisungen machen, die uns von Ew. Bischöflichen Gnaden als dem von Gott gesetzten Hirten zugehen. Selbst auf die Gefahr hin, die größten Widerwärtigkeiten erdulden zu müssen, werden wir in Liebe und Treue an Ihrer Seite stehen, mit Muth und Ausdauer des von Ihnen übertragenen Amtes nach Ihren Anordnungen walten in dem festen Vertrauen, daß der über das Wohl seiner Kirche wachende Gott uns seine unterstützende Gnade nicht versagen werde. Diese unsere aus dem tiefsten Herzen kommenden Versicherungen sollen auch eingeschlossen sein, wenn wir nach dem Weiheacte unsere Hand in die Ew. Bischöflichen Gnaden legen, um Hochdemselben vor allem Volke das Gelöbniß des Gehorsams abzulegen."

Wenn die Lichtstrahlen, die von so schönen Worten der Liebe und Treue ausgehen, sich brechen in den Thränen der trauernden Heerde, dann wölbt sich über der engen Kerkerzelle ein freundlicher Regenbogen im höhern Sinne des Wortes — ein Bogen des Friedens. Darum trägt dieses Lebensbild das Motto: Parva domus — magna pax; kleines Haus — großer Friede.

So ist es denn auch hier wieder wahr geworden, was der Spanier sagt: No hay mal, que por bien no venga[1]).

Doch, wie sternenhell auch die Nacht der Gefangenschaft sein mag, es ist doch immer Nacht, und wir wünschen, daß es wieder Tag werde. Gott, der die Stunde hat, während wir das Wort des Gebetes haben, wird auch hier das *fiat lux* aussprechen.

Unterdessen beten die Priester und mit ihnen die christlichen Gemeinden täglich an den Stufen der Altäre das Gebet der Kirche:

O Gott, der du den hl. Apostel Petrus, von den Ketten befreit, unverletzt hast ausgehen lassen, löse auf die Bande deines in Kerkerhaft gehaltenen Dieners, und laß' ihn durch die Verdienste desselben unverletzt und frei zu uns zurückkehren. Amen.

---

[1]) Es ist wohl kein Uebel so groß,
  Es trägt etwas Gutes im Schooß.